Ullstein

ÜBER DAS BUCH:

Von der Terrasse der Casa Susanna aus blickt man über den Lago Maggiore. Wer scharfe Augen hat, kann Susanne beobachten, die mit einem Mann an der Uferpromenade spazierengeht. Den Hausherrn hingegen sieht man nicht: soeben entschwand er mit Lotte, seiner Sekretärin, drüben auf der anderen Seite des Sees dem suchenden Blick ...
Susanne ihrerseits hat sich den Junggesellen Friedrich Georg eingeladen und ist im Begriff, mit ihm ins »Tal der hundert Täler« zu fahren – und auch das kann man von der Terrasse der Casa Susanna aus nicht sehen ... Meist sieht man ohnehin nichts, weil es andauernd regnet. Daß sich die Leser dennoch keineswegs langweilen, spricht für die Qualität dieses ungemein gescheiten und amüsanten Unterhaltungsromans.

DIE AUTORIN:

Christine Brückner, 1921 in einem waldeckischen Pfarrhaus geboren. Abitur, Kriegseinsatz, Studium. Häufiger Berufs- und Ortswechsel. 1954 erhielt sie für ihren ersten Roman einen ersten Preis, seither ist sie eine hauptberufliche Schriftstellerin und lebt heute, verheiratet mit Otto Heinrich Kühner, in Kassel. Von 1980–1984 war sie Vizepräsidentin des deutschen PEN; 1982 wurde sie mit der Goethe-Plakette des Landes Hessen ausgezeichnet, 1990 mit dem Hessischen Verdienstorden, 1991 mit dem Bundesverdienstkreuz 1. Klasse. Sie ist Ehrenbürgerin der Stadt Kassel. 1984 stiftete sie, zusammen mit Otto Heinrich Kühner, den »Kasseler Literaturpreis für grotesken Humor«. Sie schreibt Romane, Erzählungen, Kommentare, Essays, Schauspiele, auch Jugend- und Bilderbücher.

Christine Brückner

Ein Frühling im Tessin

Roman

Ullstein

ein Ullstein Buch
Nr. 23973
im Verlag Ullstein GmbH,
Frankfurt/M – Berlin

Ungekürzte Ausgabe

Umschlagentwurf:
Vera Bauer

Printed in Germany 1996
Druck und Verarbeitung:
Ebner Ulm
ISBN 3 548 23973 0

Dezember 1996
Gedruckt auf alterungs-
beständigem Papier mit
chlorfrei gebleichtem Zellstoff

Von derselben Autorin
in der Reihe
der Ullstein Bücher:

Ehe die Spuren verwehen (23971)
Die Zeit danach (23974)
Letztes Jahr auf Ischia (23975)
Der Kokon (»Die Zeit der Leoniden«) (23976)
Wie Sommer und Winter (22857)
Das glückliche Buch der a. p. (23977)
Die Mädchen aus meiner Klasse (22569)
Überlebensgeschichten (22463)
Jauche und Levkojen (23978)
Nirgendwo ist Poenichen (23979)
Das eine sein, das andere lieben (20379)
Mein schwarzes Sofa (20500)
Lachen, um nicht zu weinen (20563)
Die Quints (23980)
Hat der Mensch Wurzeln? (20979)
Kleine Spiele für große Leute (22334)
Alexander der Kleine (22406)
Die letzte Strophe (23981)
Was ist schon ein Jahr (23258)
Die Stunde des Rebhuhns (23102)
Lieber alter Freund (23478)
Alles Gute von Christine Brückner (23634)
Katharina und der Zaungast (23972)
Früher oder später (23982)

Zusammen mit Otto Heinrich Kühner:

Erfahren und erwandert (23856)
Deine Bilder – Meine Worte (22257)

Die Deutsche Bibliothek –
CIP-Einheitsaufnahme

Brückner, Christine:
Ein Frühling im Tessin : Roman / Christine
Brückner. – Ungekürzte Ausg. – Frank-
furt/M ; Berlin : Ullstein, 1996
(Ullstein-Buch ; Nr. 23973)
ISBN 3-548-23973-0
NE: GT

Wenn es vorbei ist, weiß man nie, wann so eine Geschichte eigentlich angefangen hat. Mein Mann behauptet, alles habe seine Ursache in dem Regen gehabt. Bei gutem Wetter wäre das nicht passiert. Wie überhaupt die meisten Ereignisse und vor allem die Ungeheuerlichkeiten unter dem Einfluß der Witterung geschähen. Wenn er mit seinen Ausführungen so weit gekommen ist, pflege ich wegzuhören. Wir sind sechs Jahre verheiratet, ich kenne seine Argumentation. In diesem Falle wird er sie statistisch unterbauen, und er wird seine Beispiele aus dem Bereich der Verbrechen wählen, denn er ist Jurist; er wird sie aus dem ›allgemein menschlichen Bereich‹ wählen, denn er ist Scheidungsanwalt. Der kommende Mann in unserer Stadt, sagen seine Kollegen. Ein Frauentyp und jetzt gerade im gefährdeten Alter, ein gutaussehender Endvierziger, eben im Begriff, leicht zu ergrauen.

Lotte, die ebenfalls den Dingen nicht allzusehr auf den Grund zu gehen pflegt, dafür aber ein wenig romantisch veranlagt ist, sagt: Es ist diese Landschaft. Rechts eine Felswand, links eine Felswand, in der Mitte ein Wasserfall, schäumendes Brausen und tiefhängende Wolken; ein wenig Tessiner Vegetation mit Kastanien und Nußbäumen und blühenden wilden Kirschen; der Waldboden beschneit mit weißen Anemonen – das genügt schon, um sie anfällig zu machen. Noch anfälliger macht sie der Barbera, und wenn man ihr gar den schwerfließenden, kaum vergorenen Nostrano aus dem vorigen Jahr vorsetzt, dann behauptet sie immer noch: Es ist diese Landschaft! Lotte ist die Sekretärin meines Mannes. Sie hat tiefen Einblick in das Leben genommen, sagt sie. Ich nenne sie gelegentlich ›das einfache Lottchen‹, weil sie vor ein paar Wochen, als sie wieder einmal anfällig war, fand, ich sollte sie doch ›einfach Lotte‹ nennen.

Der Vorschlag, sie in unser Ferienhaus mitzunehmen, stammt von mir. Ich vermutete damals, daß mein Mann mir in etwa zwei Monaten, vielleicht auch schon früher, so genau weiß man das ja nie, sagen würde, er habe einen dringenden Termin in London, und Lotte käme der Einfachheit halber und für alle diese Formalitäten am besten mit. Auch meine Phantasie reicht aus, mir vorzustellen, wie englische Parks auf Lotte wirken. Und mein Mann – nun, der sagt zwar, daß er genügend Gelegenheit habe, aus den Fehlern anderer zu lernen, aber warum, warum macht er dann so viele? Wer garantiert mir, daß er vor dem mit seiner Sekretärin zurückschreckt? Er ist auch sonst in seinen Einfällen nicht immer originell. Als ich vorschlug, die Praxis für zehn Tage zu schließen, dann könnten wir Lotte mitnehmen, und sie könnten unten – unten heißt im

Tessin, in unserem Haus – das Nötigste arbeiten, wußte er allerdings sofort Bescheid. Er sah mich anerkennend an und sagte: »Ich habe doch nicht etwa eine kluge Frau geheiratet?«

»Aber keine raffinierte«, sagte ich. Das gab er zu.

Mir schien, daß uns allen eine Woche Ferien im Frühling guttun würde. Vorgeführtes Eheglück kann man das natürlich auch nennen. Ich hoffte, daß es ernüchternd wirken würde auf das einfache Lottchen.

Weil man Dreiecksverhältnisse nicht gewaltsam konstruieren soll, rief ich Friedrich Georg an, der seine Unabhängigkeit gern in raschen Entschlüssen dartut. »Es wird nicht einfach sein«, sagte er, »es gibt da allerlei zu regeln.« Ich zog sofort zurück und bedauerte sehr und verstand die Wichtigkeit seiner Vorhaben augenblicklich, und deshalb mußte nun wiederum er die Taktik ändern. »Man darf sich nicht von Bagatellen abhängig machen, und es ist alles Bagatelle, was nicht –.« Hier unterbrach ich ihn, wir führten auf meine Kosten ein Ferngespräch: »Wem sagst du das, Friedrich Georg!« Was eine Bagatelle ist, das ändert sich bei ihm so oft wie bei mir. Wir haben uns darüber nie verständigen können; nur in den Details, so nennt er das, sind wir immer derselben Ansicht. Woran das liegt, weiß ich nicht. Wir kennen uns schon zehn Jahre. Friedrich Georg ist Junggeselle. Außerdem ist er ein Dichter. In erster Linie aber ist er Junggeselle, und um das zu bleiben, tut er viel und vieles nicht und kommt darüber nicht recht zum Dichten, scheint mir. Ohne das Nachtprogramm im Rundfunk ginge es ihm sicher ziemlich schlecht.

Friedrich Georg sagt – als Dichter hat er eine Vorliebe für die Metaphysik, die bei ihm ziemlich unmittelbar über der Sphäre von Lottes Wasserfall und der felsigen Schlucht beginnt –, er sagt: ›Alles ist Anfang.‹ Dann sinnt er lange und sagt: ›Alles ist Ende. Die Anemonen duften nach Moder, das welke Laub, diese Krume über unserem Planeten, was ist sie anderes als: Rosen – Tränen – Staub.‹ Wenn er so weit ist, geht man am besten. Er merkt es sowieso nicht. Er greift nach dem Stift, und man tut gut daran, ihm schnell noch eine Papierserviette zuzuschieben, damit er nicht das Tischtuch beschreibt.

Einmal, das liegt Jahre zurück, habe ich ihn gefragt, woher er das kann. Was? Was – kann? Er war irritiert, er mag direkte Fragen nicht übermäßig gern. Ich erklärte es ihm, sagte: »Nun, das Dichter-Sein. Du mußt es doch irgendwo gelernt oder jemandem abgeguckt haben.«

Er war gekränkt. Aber das hält nie lange vor. Unser Verhältnis ist jenseits von Gut und Böse. Das glaubte ich wenigstens, bevor wir auf diese Reise gingen. Nicht einmal das gesteht mir mein Mann zu. Das Fatale, so behauptet er, sei, daß ich selbst an meine Unbefangenheit glaube, und darum sei sie auf gewisse Weise eben doch existent. Mein Mann hat einen Freund, der Existenzphilosoph ist, vermutlich verdanken wir ihm, daß bei uns so vieles ›existent‹ oder ›existentiell‹ ist.

Friedrich Georg, um auf ihn noch einmal zurückzukommen, legt die Hand auf meine Schulter, wie er sie auf den ersten besten Fensterrahmen oder – wie er es noch lieber tut, weil es dekorativer ist – an den Stamm eines wilden Kirschbaums lehnt. Er lehnt sich überhaupt gern an, und das ist mehr als eine Pose. Außerdem hat er eine Vorliebe für unveredelte Bäume, für das Echte also, und darum stiegen wir aus der Promenadenzone am Lago Maggiore, weg von Palmen, Agaven, blühenden Kamelien, Rhododendronhecken und Mimosenbüschen, dorthin, wo eben erst die Wiesen grün wurden, wo Primeln an den Quellen blühten und Veilchen die moosigen Felsen überwucherten. Es war April. Aber es regnete.

Friedrich Georg erkennt Zusammenhänge, die keiner von uns wahrnehmen kann. Alles gerät bei ihm sehr bald in eine Zone, an der unsichtbar, aber keineswegs unauffällig ein Schild hängt: Zutritt nur für Befugte.

Tante Be, die in unserer Geschichte eine viel größere Rolle gespielt hat, als ich zunächst vermutet habe, Tante Be ist imstande zu sagen: »Kindchen, das ist Schicksal. Ich bin in einem Alter, in dem man wieder an das Schicksal glaubt und drüber reden kann, ohne Angst zu haben, daß man sich lächerlich macht. Alles, die Situation, die Geschehnisse oder die Dinge, oder wie ihr das nun nennt, hatte sich zugespitzt, verdichtet – daran allerdings wart ihr schuld und ich natürlich auch, aber dann haben sie sich selbständig gemacht, die Fäden glitten uns aus der Hand, und was dann kam, das war Schicksal, Suschen.« Und wie sie das sagt, gar nicht etwa bedeutungsvoll und ernst, sondern heiter und beiläufig; wie andere Frauen in ihrem Alter ein Strickmuster erklären – am Rand mußt du Knötchen stricken, Kind, dann wird die Naht glatter –, so redet Tante Be über das Schicksal.

Übrigens finde ich, daß ein gut Teil schuld an alldem das Haus hat. Es gibt da so etwas, das ich die übernommene Hypothek nenne. Simonetti, unser Vorgänger, hatte viel mehr zurückgelassen als einen Teil des Inventars, mehr als alte Regenmäntel und Schaukelstühle, aber davon wird noch oft die Rede sein.

Das Haus gehört mir. Mein Mann versäumt keine Gelegenheit, das zu betonen. Es ist das Hochzeitsgeschenk einer großzügigen Tante, jener Tante Be, die seit mehr als zwei Jahrzehnten in der Schweiz lebt und nie wieder nach Deutschland zurückgekehrt ist. Sie bedauert jeden, der dort zu leben gezwungen ist. Ihr Geschenk entstammt dem Mitleid; sie denkt, daß ich – wie sie – eines Tages meine Zuflucht ins Tessin nehmen werde, nicht zuletzt, weil es in Deutschland kalt in jeder Hinsicht sei und weil man dort zu tüchtig sei und niemals etwas von der Kunst zu leben lernen werde. Außerdem richtete sich dieses Geschenk unmißverständlich gegen Albrecht. Das Haus soll meine Zuflucht sein, wenn es mit meiner Ehe schlecht ausgeht, wovon sie offensichtlich vom ersten Tage an überzeugt war. Sie hat eine Abneigung gegen Juristen, sie mag ja auch meinen Vater nicht. Es sei denn, es handelt sich um Notare, mit denen sie viel zu tun hat, da sie sich auf dem Schweizer Immobilienmarkt betätigt. Vielleicht hatte sie wirklich für dieses Haus keinen Käufer finden können, wie Albrecht behauptet, und in uns hatte sie wenigstens jemanden, der die Unkosten trug. Und wenn schon! Man darf hier so wenig nach den Motiven forschen wie bei anderen Geschenken.

Auf dem Immobilienmarkt ist sie heimlich tätig. Offiziell malt sie. Sie bezeichnet sich als Malerin; sie hat uns damit überrascht, daß sie das Haus ausgemalt hatte, bevor wir es zum erstenmal sahen. Das war auf unserer Hochzeitsreise. Sie hat eine sanfte Palette, die Farben tun einem nicht weh, ihr Strich ist behutsam, und das ist schon etwas Positives für einen Maler, mit dem man verwandt ist. In ihren Motiven hat sie sich beschränkt – auf Naturalien, wie mein Mann das zu nennen beliebt. Drei blühende Magnolienzweige an der Kaminwand. Ein Stückchen Lago mit zwei Palmen in der Diele. Die gemalten bunten Poccalinos und Bastflaschen an der weißgekalkten Wand in der kleinen Küche sind sogar sehr hübsch. Albrecht kann die Kuh nicht leiden, die über die Herdwand spaziert. Sie heißt die Nestlé-Kuh. Jedesmal, wenn wir in unserem Haus sind, droht Albrecht damit, sie zu schlachten und in den

Topf zu tun, und alle meine Einwände, daß wir dann auch noch die Milch von Locarno heraufholen müßten und nie mehr Schokolade hätten, quittiert er mit einem dürftigen Lächeln. Was diese Kuh bisher vor der Vernichtung gerettet hat, war Albrechts Mißtrauen; ein rein juristisches Mißtrauen. Er war der Ansicht, daß dieses Haus noch irgendeinen Haken habe. Er konnte sich einfach nicht vorstellen, wieso eine Tante ihrer Nichte derartige Geschenke machte. Darum behandelte er Tante Benedikte mit höflichem Mißtrauen. Den Namen Benedikte hat sie sich erst später zugelegt. Ich kannte sie als Kind nur unter dem Namen Tante Berta, und Berta paßt sehr viel schlechter zu ihr als Benedikte. Wir nennen sie Tante Be. Auf ihre Weise hat sie Stil. Friedrich Georg erkannte das sofort. Allerdings hat Tante Be, als sie ihn zum erstenmal sah, mit allen Anzeichen des Entzückens ausgerufen: »Was für ein Kopf! Diese Nackenpartie! Susanne, darauf mußt du achten bei einem Mann. Glaub mir, sie haben alle Ursache, ihren Nacken hinter Kragen und Schlips zu verbergen, die meisten wenigstens. Wie sie den Kopf tragen, der Haaransatz, die Beweglichkeit des Halses – ach, was sage ich denn! Eine ganze Charakterologie ist das!«

Albrecht fing bereits an, unruhig den Kopf hin und her zu drehen, und Lotte sah interessiert von einem Männernacken zum anderen, und auch weniger eitle Männer als Friedrich Georg hätten sich geschmeichelt gefühlt. Bereits in den ersten zehn Minuten war zwischen Tante Be und ihm dieses Einverständnis der ›Künstler unter sich‹ hergestellt. Meine Tante wurde mehr und mehr zu einem Gebilde seiner dichterischen Phantasie, und er verwandelte sich unter unseren Augen in das Porträt eines Dichters.

Wir sind an einem Montagmorgen von zu Hause weggefahren. Am Sonntag hatte Albrecht alles an Akten zusammengesucht, was zehn Anwälte in drei bis vier Wochen mit der Hilfe von mehreren guten Sekretärinnen hätten erledigen können. Die gebündelten Akten verstaute er im Kofferraum des Autos und überlegte, ob er nicht den Reservereifen zu Hause lassen sollte, um noch mehr Akten unterbringen zu können. Uns hatte er strenge Anweisungen erteilt, so wenig an Gepäck mitzunehmen wie möglich, was gar nicht nötig gewesen wäre, denn es ließ sich sowieso kaum noch etwas verstauen.

Friedrich Georg war gegen Abend bei uns eingetroffen; er war aus einem mir unersichtlichen Grunde verstimmt. Vermutlich fürchtete er, in häusliche oder menschliche Abhängigkeit zu geraten, dachte vielleicht auch, daß ich kupplerische Absichten hätte, was natürlich sehr schlecht beobachtet ist, denn jede Ehefrau hat schließlich gern einen gutaussehenden Junggesellen zum Freund und Verehrer. Ich will damit durchaus nicht etwa andeuten, daß ich ihn als Spekulationsobjekt betrachtet hätte oder gar als eine Art von Ersatz. Ein Jugendfreund tut einem in deprimierten Stunden gut, das ist alles, und diese Stunden sind gar nicht so selten, wenn man mit einem vielbeschäftigten Mann verheiratet ist, der einem gelegentlich zu verstehen gibt, daß die meisten Dinge dieser Welt wichtiger sind als man selbst, der einem das Hohelied der Arbeit gerade in dem Augenblick vorsingt, wenn –. Aber das führt jetzt zu weit ab.

Es war windig, und kalt war es auch, und die Regenschauer fehlten ebenfalls nicht. Wir fuhren bei Lotte vorbei und luden sie und ihren Koffer ein.

Die Männer lösten sich am Steuer ab. Albrecht fährt im ganzen ruhig, aber hart, mit einer gewissen Skrupellosigkeit, die, wenn man sie erst einmal kennt, nicht wirklich beunruhigend ist. In Italien fährt man so. Albrecht war während des Krieges längere Zeit in Florenz.

Friedrich Georg ist ein sensibler Fahrer. Er reagiert schreckhaft und nervös, raucht viel und hat jene zerstreute Konzentration, die jedes Gespräch der Mitreisenden verstummen läßt. Man fährt. Ausschließlich. Man ist unterwegs. Gelegentlich macht er einem das Ungeheuerliche des Nicht-mehr-hier- und Noch-nicht-dort-Seins in ein paar Sätzen deutlich. Die Einheit von Raum und Zeit ist für eine Weile aufgehoben, allerdings nur auf eine gewisse, schwer definierbare Weise. Wir dachten pflichtschuldigst darüber nach, starrten auf die Fahrbahn und nahmen uns zusammen, damit wir nicht bei jedem Huhn, das über die Straße rannte, und bei jedem Radfahrer, der sein Leben vor unserem Wagen aufs Spiel setzte, aufschrien.

Nach zwei Stunden erklärte ich, daß wir einen Augenblick halten müßten. Bevor wir wieder einstiegen, fragte ich so harmlos wie möglich meinen Mann, ob er nicht wieder ans Steuer wolle. Ich bat sogar Lotte, sich neben ihn zu setzen, weil ich doch so manches mit Friedrich Georg zu besprechen hätte.

Wir hatten uns über ein Jahr lang nicht gesehen. Er lebt in Hamburg, weil das – nach seinen Worten – die einzige Stadt sei, in der ein schöpferisch tätiger Mensch in Deutschland leben könne. Ihre nüchterne Strenge, verbunden mit der raschen Mentalität der Handelsstadt und der Kultur und Tradition von Jahrhunderten, legt der eigenen Phantasie jenes Maß an, dessen sie bedarf, um in Disziplin zu arbeiten. So ähnlich. Einen guten Teil des Jahres verbringt er in den gepflegten Eigenheimen von Industriellengattinnen, am Kamin von enthusiastischen Frauen, die ihn als eine Art von geistigem Ausgleich brauchen, die das Geld ihrer Männer zwar ausgeben, aber seine Herkunft aus Schrott und Buntmetall oder, dezenter und mit ihren Worten gesagt, aus Stahl und Eisen in diesen Gesprächen am Kamin vergessen wollen. Sie pflegen ein heimliches Mäzenatentum und versammeln Maler und Dichter und Musiker um sich. Diese wiederum sind geschmeichelt, weil man sie in Kreisen bewundert und, mehr noch, respektiert, zu denen sie sonst keinen Zugang haben; wie alle Künstler haben sie außerdem eine Vorliebe für einen gutgedeckten Tisch und gepflegte Weine und von Zeit zu

Zeit das Bedürfnis nach einer Frau, die ihnen zuhört. Natürlich sind das alles nur Milieustudien.

Auch Friedrich Georg braucht diese Abende. Er ist dann so ›dicht an unserer Zeit‹. Es ist ein paritätisches Verhältnis, er revanchiert sich. Er liest ein paar Gedichte vor, nie mehr als zwei oder drei, und umhüllt sie mit Schweigen, in dem sich dann seine Worte entfalten. Er sieht lange verstummt ins Feuer und schreibt wahrscheinlich sogar, wenn er jenes Stadium der Lebensdichte und -nähe erreicht, das ihn allein dazu befähigt, einen seiner wirklich hübschen Vierzeiler in das Gästebuch. Und wenn man ihn bittet, ein Bild von sich hineinzulegen, dann hat er in der Regel eines in der Brieftasche bereit. Im letzten Jahr habe ich ein sehr eindrucksvolles Foto von ihm in den Literaturbeilagen der Wochenzeitungen gesehen: Er steht auf einer Landstraße, die rechts und links von Meilensteinen markiert ist. Die Straße ist völlig leer. Er steht. Er geht nicht etwa. Die Hände in den Hosentaschen, auf legere, aber keineswegs nachlässige Weise. Ein Zeichen für sein ›Unterwegssein‹. Nirgends verhaftet. Dieses Suchen und doch den Weg bereits kennen. Irgendwo ein Ziel. – Ich habe das alles begriffen, ohne daß er es mir hat erklären müssen. Obwohl er es sicher gern getan hätte.

Lotte plauderte mit Albrecht. Sie redeten über irgendwelche ›Fälle‹. Manchmal hörte ich Bruchstücke eines Satzes. Ich habe Mühe, mich damit abzufinden, daß sie mehr mit ihm zu bereden hat als ich. Einmal habe ich das ihm gegenüber geäußert, und er hat gesagt: »Huschi, das Reden tut's doch nicht!« – Aber das Schweigen tut's auch nicht.

Lotte hatte natürlich Schokoladentäfelchen in der Tasche. Sie weiß natürlich auch, daß es zartbittere sein müssen, während ich mir nie vorstellen kann, daß andere Leute andere Sorten mögen als ich. Immer bringe ich Nußschokolade mit und esse sie nachher selbst. – Sie schob ihm dann und wann ein Täfelchen in den Mund, und beim ersten fragte sie über die Schulter und lächelte, mit dieser Naivität, die nur bei einer Achtzehnjährigen überzeugend ist: »Das darf ich doch?« Das Lächeln, mit dem ich zustimmte, war nicht um einen Grad echter oder besser als ihres und trug mir einen fragenden Blick von Friedrich Georg ein und ein leises: »Ist da etwas?«

Ich bemühte mich, ein überlegenes Gesicht zu machen, und sagte: »Präsens? Nein, ich glaube nicht. Aber Futurum oder Konditional oder einfach: Es könnte etwas draus werden.«

»Ah, deshalb also.«

Ich fragte leise zurück: »Deshalb, wieso: deshalb?«

»Die Einladung an mich.«

Warum das leugnen? Er sah auf einmal so jung aus. Es tat so gut, daß er mich sofort verstand und nicht gekränkt war. Alles Preziöse war auf einmal weg, wir waren alte Freunde, denen es nicht einmal schwerfallen würde, für eine Woche, notfalls auch aus demonstrativen Gründen, etwas mehr zu sein.

Die Alpenpässe waren noch nicht freigegeben; wir fuhren in Göschenen zum Autotunnel und hofften, daß uns auf der anderen Seite des Gotthard bereits Frühling und Sonnenschein erwarten würden. Statt dessen war es auch in Airolo noch kahl und braun. Wir kurbelten die Fenster schleunigst wieder hoch, und Albrecht drehte die Heizung weit auf. Der Wind war kalt, er schien aus dem oberen Tal des Ticino zu kommen. Die Berge waren noch bis weit hinunter in die Täler verschneit, und der erste blühende Mimosenbaum in Bellinzona war so unglaubwürdig wie die Kamelienbäume, die rechts und links der Straße im Schutz der Hausmauern blühten. Rainer hätte gesagt: »So schön, wie's gar nicht gibt.« Mit seinen fünf Jahren hat er es bereits begriffen. Friedrich Georg fing an, uns zu erklären, daß am Frühling nicht die Farbe der Blüten das Wesentliche sei, sondern das Grün der Wiesen und Sträucher. Wir stritten uns zum erstenmal, nur weil wir uns nicht einigen konnten, welche denn nun die Farbe des Frühlings sei. Friedrich Georg behauptete wie einer, der es schließlich wissen mußte, weil er der Natur, der Schöpfung schlechthin, doch wohl näher sei als unsereins, der Frühling ist grün. Lotte versteifte sich auf Rosa. Albrecht enthielt sich der Stimme. Erst als wir länger auf ihn eindrangen, sagte er ärgerlich, der Frühling sei bunt. Ich hatte mich für Blau entschieden. Was mir eine Rüge des Dichters eintrug; er behauptete, das sei ›second hand‹, ich hätte das aus einem Gedicht von Mörike: ›Frühling läßt sein blaues Band wieder flattern durch die Lüfte...‹ Ich verteidigte mich. Wenn schon – mußte ich denn immer originell sein? Außerdem sei es nur ein Beweis, welche Bedeutung Dichterworte für mich hätten, und nicht nur für mich; sie seien meinungsbildend schlechthin.

Es wurde schon dämmrig, als wir den See erreichten. Wir hatten noch gesehen, wie die Sonne hinter dem Monte Bré unterging, klar und sehr rot, wie es sich für einen Sonnenuntergang am Lago Maggiore gehört. Es war kalt, aber die Sicht war gut. An den Promenadenwegen standen die weißen Bänke, als ob die Saison schon begonnen hätte. Magnolien, Kamelien, Pfirsichbäume, Mimosen, alles blühte wie im buntesten Reiseprospekt. Lotte hatte bereits mehrfach Ah und Oh gesagt; Friedrich Georg nahm den Frühlingsüberschwang hin, als könnte das alles mit dem, was er unter Frühling verstand, nicht annähernd konkurrieren. Ich war begeistert und tat, als sei alles mein Verdienst und gehöre einfach mit zu dem, was ich hier zehn Tage lang zu verschenken hätte.

Und Albrecht sang: »*Mi casa, su casa* – dein Haus ist mein Haus«, ein Lied, das wir vor ein paar Jahren einmal unten bei Picelli gehört haben und das seitdem unsere Nationalhymne ist, sobald wir in der ›Casa Susanna‹ sind.

Damit keinerlei Zweifel über die Besitzverhältnisse aufkommen können, hat Tante Be ›Casa Susanna‹ schwungvoll an die rosafarbene Hauswand gemalt.

Albrecht parkte den Wagen auf der Piazza. Wir waren ganz steif geworden von der langen Fahrt, seit zehn Uhr morgens waren wir unterwegs; wir hatten kurz hinter Freiburg in einem kleinen Hotel übernachtet. In zwei Doppelzimmern. Vermutlich hatte es den Männern nicht mehr behagt als Lotte und mir. Ich teile mein Zimmer nicht gern mit Frauen, ich finde es auch immer irgendwie unanständig.

Die Männer kauften die besseren Sachen ein, ›die guten Dinge des Lebens‹, Wein, Zigaretten, Schokolade, und wir Frauen sorgten für das Solide. Ich prahlte vor Lotte mit meinem Italienisch, antwortete mit »*'giorno*«, wenn man »Guten Tag« zu mir sagte, und verwendete bei jeder Gelegenheit: »*grazie*« und »*prego*« und »*va bene*«.

Merkwürdig ist das: Wenn das Licht über der Haustür brennt und Albrecht die Tür aufschließt, merke ich, wie sehr ich mich hier zu Hause fühle, daß es tatsächlich mein Haus ist und daß es beruhigend ist, das zu wissen. Es ist ein Trumpf, den ich ganz gern in der Hand habe. Tante Be hat das sehr weise vorausgesehen. Ob es allerdings gut ist für Albrecht und mich, ist sehr die Frage. Er merkt es natürlich. Hier bin ich die Stärkere. Aber da wir niemals länger als vier Wochen im Jahr hier sein können, kann es so schlimm mit meiner Überlegenheit nicht werden.

Seit unserem ersten Aufenthalt im Tessin gehört es zu meinen Privilegien, von einem Raum in den anderen zu gehen und die Fensterläden aufzustoßen. Das ist von symbolischer Bedeutung. Es ist, als gähne das Haus aus allen Fenstern und Türen die Müdigkeit und den Winter aus. Wir sind da, heißt es außerdem. Wir haben Ferien, heißt es.

Aber natürlich wollte Lotte helfen. Es gehört zu den lästigen Angewohnheiten von Frauen, sich überall nützlich machen zu wollen. – Albrecht fing, wie sonst auch, damit an, Holz herbeizutragen und Feuer im Kamin zu machen. Ich lief rasch einmal durchs Haus, um festzustellen, ob alles in Ordnung sei, und als ich beruhigt zurückkehrte, hatte Friedrich Georg bereits eine dekorative Pose am Kamin gefunden, die er in den folgenden Tagen oft eingenommen hat: den rechten Arm auf den Kaminsims gestützt, die Beine locker übereinandergeschlagen – ein entspannter Mensch.

Es gibt nur diesen einen Wohnraum, in dem auch gegessen wird. Ich hantierte herum, stellte die Tulpen, die Albrecht an der Piazza gekauft hatte, in einen Krug und hörte dabei, wie Friedrich Georg meinem Mann das Wesen des Feuers erklärte: als die älteste, symbolträchtigste Form von Sein und Sichverzehren. Holz und Asche. Glut und Kälte. Er führte das Thema dann weiter zum einfachen Leben hin und war gerade ›den Dingen ganz nahe gekommen‹, als Albrecht aufblickte und erklärte, daß ihm bei ›einfachem Leben‹ immer gleich die Ölheizung einfiele. Er setzte Friedrich Georg auseinander, welche Vorzüge eine solche Anlage für das Haus haben würde, redete von Thermostaten und Öltanks. Er hat sein Thema zehn Tage lang mit großer Eindringlichkeit weiterverfolgt. Je mehr Friedrich Georg das offene Feuer pries – und er hat es an keinem der Abende am Kamin versäumt –, desto interessanter wurde für Albrecht die Anschaffung einer Ölheizung. Wenn die beiden Männer zusammen sind, bezieht jeder sehr rasch seine Stellung und versteift sich mehr und mehr. Friedrich Georg wird zum reinen Ästheten, Albrecht zum reinen Materialisten. Ich glaube nicht, daß die beiden überhaupt wahrnehmen, wie sehr sie sich verändern. Sie mögen sich ganz gern, soweit das bei so verschiedenen Naturen möglich ist, aber ein wenig gereizt sind sie immer.

Ich hatte während der ganzen Zeit das Gefühl, daß die Konfrontierung mit Lotte für mich durchaus vorteilhaft war. Bei Frauen ist das meist so; die Reize der einen lassen die Reize der anderen erst richtig zur Geltung kommen. Männer wirken immer nur einzeln oder eben in der Masse. Vergleicht man einen mit dem anderen, ist es für keinen vorteilhaft. Albrecht ist im letzten Winter ein wenig dick geworden. Er hat so etwas ›Stattliches‹ bekommen. Mir ist das erst aufgefallen, nachdem ich ihn neben Friedrich Georg gesehen habe. Natürlich hat er aus lauter Opposition zu jeder Mahlzeit die doppelte Portion gegessen, nur um seine Freude an den ›Annehmlichkeiten des Lebens‹, den einzig beständigen Annehmlichkeiten, so weit ging er dabei, zu demonstrieren.

Dafür ist dann Friedrich Georg auch fast verhungert. Ich kann nur hoffen, daß er auf seinen einsamen Gängen irgendwo in einer Trattoria Käse und Brot zu sich genommen hat.

An diesem ersten Abend blieben wir nicht mehr lange auf. Ich ließ Lotte die Butterbrote gleich in der Küche fertigmachen und richtete währenddessen die Betten. Im oberen Stockwerk liegen vier Schlafräume nebeneinander. Jeder hat eine Tür zum Gang und eine Tür, die auf die Holzveranda führt. Es war sehr kalt in den Zimmern, und ich dachte genau wie Albrecht darüber nach, ob es nicht zweckmäßig sei, eine Ölheizung einzubauen. Es würde eine Wertsteigerung für das Haus bedeuten, und daran lag mir durchaus. Schließlich war nicht einzusehen, warum wir in den Ferien frieren mußten, wenn wir es das Jahr über zu Hause warm hatten. Natürlich hat das Haus elektrisches Licht und eine Wasserleitung; Friedrich Georgs Reden über das einfache Leben waren nicht ernst zu nehmen.

Wir hockten noch eine Weile auf den Ziegelstufen vor dem Kamin. Wir waren übermüdet, mochten nicht einmal essen, tranken aber doch so viel, daß uns warm wurde. Albrecht hatte einen Rosatello mitgebracht, einen dieser hellroten leichten italienischen Weine, der an den provençalischen Vin rosé erinnert. Lotte bestand darauf, aus einem Poccalino zu trinken, den sie in der Küche entdeckt hatte, und dann stocherte sie so lange im Feuer herum, bis es qualmte.

Friedrich Georg ging noch eine Weile unter der Pergola hinter dem Haus auf und ab. Man hat einen sehr hübschen Blick von dort auf Locarno und Menusio. Die Kette der Laternen am See schimmerte hell und kalt; man sah die Lichter am gegenüberliegenden Ufer. Die Sterne standen ungewöhnlich klar am Himmel.

Als er wieder hereinkam, belehrte er uns, wie wichtig es sei, sich über die Lage eines Hauses zu orientieren, bevor man ein erstes Mal unter seinem Dach schläft. ›Den Stand der Sterne wissen‹ und auch, wo am nächsten Morgen die Sonne aufgehen werde. Alle seine Sätze enden im Konjunktiv, also im Ungewissen.

Albrecht hat sein Zimmer an dem einen Ende des Ganges, meines liegt an dem anderen, so ist das von jeher; seines hat Morgensonne, meines Abendsonne. Zum Gute-Nacht-Sagen wird der Balkonweg benutzt, für den Rückweg der Flur. Die beiden mittleren Zimmer hatte ich für unsere Gäste gerichtet. Lottes Zimmer grenzt an das von Albrecht. Das hätte nicht sein müssen, aber ich arrangierte es so, damit keiner denken sollte, ich sei etwa mißtrauisch. Es ist Rainers Zimmer, der schon ein paarmal mit hier war. In dem Wandregal steht sein Spielzeug, und an den Wänden hängen Fotos. Babybilder von ihm und natürlich auch ein paar Bilder von Albrecht und mir, zusammen mit unserem Kind. Ich fand, auch das könne nicht schaden.

Als ich mein Zimmer betrat, war es angenehm

durchwärmt. Albrecht hatte den Heizventilator aufgestellt. In diesen äußeren Dingen ist er noch genauso aufmerksam wie früher.

Vom Balkon aus klopfte ich noch einmal an alle Türen, fragte, ob alle gut versorgt seien, und wünschte eine gute Nacht. Und dann lag ich lange wach und bemühte mich, nicht auf die Geräusche im Haus zu horchen, und versuchte, nicht zu warten, ob Albrecht noch zu mir käme. Er hatte unmißverständlich gesagt, daß er müde sei von der langen Fahrt.

Ich war an diesem ersten Abend keineswegs davon überzeugt, ein kluges Arrangement getroffen zu haben.

Als ich aufwachte, war es bereits ganz hell. Ein strahlender Tag, wie mir schien. Ich horchte, ob sich schon etwas im Haus regte, aber alles war still. Ich stand auf, zog die Vorhänge zurück und war entschlossen, diesen ersten Morgen in meinem Haus zu genießen. Und dann sah ich, woher die Helligkeit rührte: Es lag tiefer Schnee. Das Haus war noch im Schatten, erst gegen neun Uhr erreicht die Sonne den Platz unter der Pergola; jetzt eben schien sie blendend und silbern auf den See.

In diesem Augenblick. als ich fröstelnd hinuntersah auf Locarno, wurde mir zum ersten Male klar, daß ich zehn Tage lang mehr Hausarbeit haben würde als im ganzen übrigen Jahr. Zu Hause habe ich eine ständige Hilfe, und seit Rainer vormittags im Kindergarten ist, führe ich ein nahezu beschauliches Leben. Früher habe ich geglaubt, ich würde mich langweilen, ich würde mir unausgefüllt vorkommen, aber das passiert nur sehr selten. Hier hatte ich auf einmal für vier Personen zu sorgen, unter ungleich schwierigeren, zumindest unbequemeren Umständen. Friedrich Georg konnte nicht einmal zum Einkaufen nach Locarno geschickt werden, da Albrecht ihm den Wagen nicht geben würde, und die fünfhundert Stufen von der Piazza bis zu unserem Haus sind eine Strapaze, auch wenn man nicht rechts und links Einkaufstaschen an den Armen hängen hat. Lotte – nun, sie war die Sekretärin meines Mannes, ihr oblag der geistige Teil, und viel mehr als den guten Willen schien sie zur Hausarbeit sowieso nicht mitzubringen.

Mein Vater hat mir bereits sehr früh beigebracht, daß es unsinnig sei, vor dem Frühstück grundsätzliche Betrachtungen über das Leben und die fernere Zukunft anzustellen. Ich nahm mir den alten grünen Bademantel von Herrn Simonetti, der immer hinter der Tür hängt, und ging zum Duschen.

Auf dem Flur begegnete mir Friedrich Georg. Er hatte seinen Regenmantel übergezogen, unter dem seine Beine lang und mager zum Vorschein kamen. Um den Hals hatte er sich ein weißes Frottiertuch geschlungen; obenherum sah er so dekorativ aus wie ein Tennistrainer. Er schien ebenfalls Betrachtungen über meinen Aufzug anzustellen, und ich bereute schon, mir nichts für solche morgendlichen Begegnungen im Flur mitgenommen zu haben, fand aber, daß es lästig sei, bereits vor dem Frühstück auf sein Äußeres achten zu müssen.

Friedrich Georg hielt es für passend, den Morgen mit einer kleinen Konversation zu beginnen. Er behandelte darin Landschaft, Schnee und Sonne, als sei es eine von ihm ersonnene Konstellation, gewissermaßen eine galante Morgengabe für die Hausfrau. Palmen im Schnee! Ich sagte, mir sei das zu exklusiv, ich hätte eben ein schlichtes Gemüt und gar keinen Sinn für solche Raffinessen. Jedes für sich sei mir lieber. Schnee, wo er hingehöre, Palmen, wo sie hingehören, aber gerade das hätte ich nicht sagen sollen, denn Palmen waren für ihn das Stichwort, sich darüber auszulassen, daß die Landschaft an den oberitalienischen Seen etwas Künstliches habe. Nichts als die geschickte Ausnutzung klimatischer Bedingungen, aber ohne die natürliche oder besser noch die geistige Berechtigung, die eine Palme verlange. Zu diesem Thema ist er gern und oft zurückgekehrt, und wenn ich ihn richtig verstanden habe, gehören Palmen einzig und allein in die Wüste, zu Sandsturm und Oase, Kamel und Affe. So wie er's erzählt hat, klang es allerdings hübscher, man sah dann immer noch ein paar Beduinenzelte und eine Mondsichel. Mit wenigen Zutaten bringt er es fertig, das Bild einer Landschaft zu beschwören.

Ich war barfuß. Barfuß auf den roten Ziegeln im Flur, und draußen lag Schnee. Ich stand abwechselnd auf dem rechten und dann wieder auf dem linken Fuß und rieb den anderen an dem Bademantel und hatte das Gefühl, keine besonders glückliche Figur dabei abzugeben. Schließlich hatte ich Friedrich Georg bis in die Nähe der Tür zur Waschküche gelockt, in der die Dusche ist, machte kurz entschlossen die Tür auf und sagte: »Du mußt mich jetzt entschuldigen« und verschwand.

Eine heiße Dusche am Morgen gehört zu den reinen Freuden des Lebens, zu den paar zuverlässigen vor allem. Vermutlich ist da etwas Psychologisches mit im Spiel; ich müßte mich einmal bei Albrechts Freund erkundigen, vielleicht ist aber auch Friedrich Georg dafür zuständig wie für alles, was mit der Psyche zusammenhängt. Wahrscheinlich fühlt man sich reingewaschen, zunächst ein Vorgang und dann ein Zustand, der über das Körperliche hinaus auch die Seele angeht. Es soll mir gleich sein. Ein klein wenig Wollust ist jedenfalls auch dabei. Zuerst hat man immer Ärger. Das Wasser ist zu kalt, und dann ist es zu heiß, und man dreht den Wasserhahn zurück, und wieder ist es kalt; aber auch der Ärger und diese Ungeduld gehören dazu, ebenso wie das dicke blaue Seifenstück. Daß es dick und rund und blau ist, auch das ist wichtig. Zu Hause wird Rainer immer mit meiner Seife gewaschen, wenn ich sie nicht mehr mag, weil er ein so dickes Stück noch nicht halten kann.

An jenem Morgen hatte schon jemand vor mir geduscht. Über der Metallstange, an der der Vorhang hängt, lag ein Waschlappen, so ein schlecht ausgewrungener, glitschiger bunter Lappen, der mir eklig war. Ich überlegte, ob tatsächlich Friedrich Georg solche Waschlappen benutzte. Aus schwarzem Plüsch mit bunten Rosen.

Und dann sang ich. Mein Repertoire ist morgens noch nicht groß, dafür ist es aber von ritueller Beständigkeit. Wenn ich bei »Ach, ich hab' sie ja nur auf die Schulter geküßt ...« angekommen bin – ein Lied, das schon zu den Badezimmergesängen meines Vaters gehörte –, weiß Albrecht, daß ich bald fertig bin und daß es für ihn Zeit wird aufzustehen. Er nennt es das ›Schulterstück‹.

Einmal noch kalt geduscht zur Charakterstärkung, und dann in den Bademantel gewickelt. Wenn wir allein im Haus sind, laufe ich schnell ein paarmal ohne den Bademantel zum Abtropfen über die Terrasse, ganz gleich, welche Jahreszeit es ist.

Ich suchte meine Holzsandalen hervor, schlug noch zwei Nägel ein, weil ein Lederriemen abgerissen war, und dann klopfte Albrecht auch schon. Als ich ihm die Tür aufschloß, nahm er mich in die Arme, sagte »Huschi« zu mir, was er gar nicht mehr sehr oft tut, schob seine kalte Hand unter meinen Bademantel und beteuerte, daß es für einen Mann nichts Angenehmeres gäbe, als an einem kalten Aprilmorgen eine warme Frau in den Arm zu nehmen. Ich machte den schwachen Einwand, daß es wiederum für eine Frau nichts Angenehmeres, eigentlich sogar Notwendigeres gäbe, als an einem kalten Aprilabend...

Er sagte mißbilligend: »Keine Vorwürfe am Morgen, meine Liebe! Und nun räum hier mal das Feld.«

Im Wohnzimmer kniete Lotte schon wieder vor dem Kamin. Ich hatte sie im Verdacht, daß sie sich der rührenden Rolle, die sie da spielte, bewußt war. Immerhin stieg bereits bläulicher Qualm aus dem, was sie für einen Scheiterhaufen zu halten schien, sie hatte Tränen in den Augen und rote Backen vom Pusten und sah in dem losen schwarzen Plüschmantel mit den großen rosa Rosen sehr reizend aus. Bis zu diesem Augenblick hatte ich mir nie vorstellen können, welche Frauen solche Morgenröcke tragen. Sie sagte kleinlaut, aber sehr lieb, daß sie ganz unerfahren sei und noch nie einen Ofen angemacht habe, ihr Zimmer habe Zentralheizung, und zu Hause sei das Sache des Mädchens gewesen.

Ich zog erst einmal den Rauchfang auf. Wenn bei anderen das Feuer nicht brennt, sehe ich sofort, woran es liegt, nur wenn ich es selbst anmache, vergesse auch ich den Rauchschieber, schichte das Holz schlecht auf und muß am Ende zur Spiritusflasche greifen, was Albrecht nie wissen darf; er ist sowieso der Ansicht, daß ich eines Tages die ganze Familie umbringen werde, mit Feuer, mit Wasser, wahrscheinlich aber mit irgendeinem Kurzschluß. Leider mußte ich Lotte nun auch noch zu verstehen geben, daß wir mit dem Holz sparsam umgehen, weil es in der Schweiz sehr teuer und gar nicht leicht zu beschaffen ist. Der Kamin wird immer erst am späten Nachmittag angesteckt, vorher behelfen wir uns mit dem Heizventilator. Und dann habe ich ihr noch vorgeschlagen, daß wir uns erst einmal ordentlich anziehen wollten. Ich habe Albrecht das Frühstücken im Bademantel mühsam genug abgewöhnt, er brauchte niemanden zu sehen, der die gleichen Angewohnheiten hatte. Die Liebe lebt vom Detail – behaupten die Männer, wenigstens die, mit denen ich zu tun habe. Selbst ich hatte bereits darüber nachgedacht, ob Lotte wohl unter dem Bademantel etwas anhatte oder nicht.

Den morgendlichen Auftritt hatte ich ihr verpatzt. Ganz wohl war mir dabei nicht, schließlich war sie unser Gast.

Ich ging in die Küche, schaltete die Herdplatten ein, setzte Teewasser auf, tat die Eier ins Wasser und rief im Flur, wie lange die Eier gekocht werden sollten. Friedrich Georg antwortete sofort: »Drei Minuten, bitte«; das einfache Lottchen steckte den Kopf zur Tür heraus und rief: »Meines bitte fünf Minuten!« Aus Albrechts Zimmer kam lediglich ein lautes Räuspern. Und dann ging ich nach oben. Es wäre nicht nötig gewesen, daß ich die alten Cordhosen und das blaue Leinenhemd anzog, man braucht nicht mit Cordhosen zu demonstrieren, daß man mit anderen Waffen zu kämpfen gedenkt, als mit schwarzem Plüsch und roten Rosen. Die Leinenbluse steht mir allerdings gut. Lotte sagte es, bevor das mit dem Ei passierte, und Friedrich Georg erkundigte sich, ob die Hose etwa auch aus dem Erbe dieses mysteriösen Simonetti stammte.

Ich lief wieder in die Küche, brühte den Tee auf, stellte das Geschirr auf den Servierwagen, nahm die Eier aus dem Wasser, schreckte sie ab, röstete Toast, und als Albrecht herunterkam, war das Frühstück fertig. Friedrich Georg schien auf Albrechts Schritte gewartet zu haben, jedenfalls kam er unmittelbar darauf zum Vorschein. Wir setzten uns an den Tisch. Ich sagte anerkennend zu Albrecht: »Sieh an, die sanfte Krawatte.« Sie ist blaßblau mit weißen Kräusellinien. Friedrich Georg, der ein Flanellhemd mit einem taubenblauen Schal aus weichem Kaschmir trug, sagte: »Verzeihung, ich glaubte, man sei hier nicht so konventionell.« Ich widersprach auch sofort und versicherte ihm, wie hübsch das Hemd sei; gerade Männer seines Typs könnten sich diese legere Eleganz leisten.

Die Herren trugen daraufhin abwechselnd Kragen und Schlips oder aber offenes Hemd und Schal; eine Übereinstimmung ist, soweit ich mich erinnere, nie erzielt worden, vielleicht war sie auch nicht angestrebt.

Als ich fragte, ob wir nicht anfangen wollten, meinte Albrecht, am ersten Morgen sei es doch wohl passender, wenn wir alle gemeinsam frühstückten. Ich war sofort einverstanden. »Natürlich. Wir können gern warten, wir haben ja den ganzen Tag vor uns.« Wir warteten. Albrecht hantierte an dem Heizventilator und schnitt das Thema der Ölheizung flüchtig an, dann räumte er die angekohlten Holzscheite aus dem Kamin und erkundigte sich, wer denn das wieder zustande gebracht habe. Ich glaube, er sagte sogar: welcher Idiot. Friedrich Georg ging federnden Schrittes im Zimmer auf und ab. Er trug hellfarbene Mokassins. Er ging sehr ausdrucksvoll, man spürte, wie er bis hin zu den Fußspitzen dachte; es machte mich sehr nervös.

Ich wickelte den Toast in Servietten.

Nach etwa zehn Minuten erschien sie. Friedrich

Georg machte eine kleine galante Verbeugung und sagte: »Mein Kompliment, gnädiges Fräulein!« Albrecht murmelte ein unfreundliches: »Morgen.«

Wir nahmen Platz. Lotte fragte entschuldigend, ob wir auch nicht auf sie gewartet hätten, und wir verneinten das im Chor. Sie hatte sich einen kirschroten Pullover angezogen. Einen von der Sorte, die Albrecht körperfreudig nennt. Ich fühle mich schon beim flüchtigen Hinsehen immer ein bißchen geniert. Wahrscheinlich liegt das einfach daran, daß ich in dieser Gegend etwas mager bin.

Friedrich Georg klopfte sein Ei auf, schälte es, drückte mit dem Zeigefinger auf die weiße Kuppe und sagte anerkennend, mit einer kleinen Verbeugung zu mir hin: »Sehr schön!« Lotte klopfte das Ei auf, schälte es, sagte lächelnd und anerkennend: »So wie ich es gern habe«, und ich sah Albrecht triumphierend an. Natürlich gab der gleich zum besten, daß meine Frage nach dem Frühstücksei eine reine Routinefrage sei, eine Suggestivfrage, ich besäße weder eine Eieruhr noch eine Armbanduhr. Daraufhin nahm Friedrich Georg meine Hand, küßte sie und sagte: »Sie ist eben eine Frau mit Instinkt.«

Albrecht räusperte sich. Handkuß beim Frühstück, das ging ihm wohl zu weit, er konnte es nicht unterlassen zu bemerken: »Susanne ist den Dingen einfach noch näher, sie hat die Eierschalen noch nicht völlig...«

Und genau in diesem Augenblick tropfte es gelb von Lottes Eierlöffel auf den kirschroten Pullover.

Ich hätte nicht lachen sollen, natürlich nicht! Aber warum war sie auch so körperfreudig und so kirschrot. Es gehört zu den Mißbildungen meines Charakters, daß mich die Ungeschicklichkeiten anderer mehr erheitern als meine eigenen. Das Eigelb ließ sich von dieser prekären Stelle nicht vor einem Publikum entfernen. Friedrich Georg schlug heißes Wasser zur Beseitigung vor. Albrecht geriet darüber schier außer sich, Unfug sei das, purer Unfug, in der Quarta, jawohl im ersten Jahr im Chemieunterricht lerne man, daß Eiweiß in heißem Wasser gerinnt. Es drohte ein Streit auszubrechen; wie er endete, weiß ich nicht mehr, auf alle Fälle verschwand Lotte und kam nach wenigen Minuten in einer Hemdbluse wieder.

Der Tee war mittlerweile bitter geworden. Albrecht fragte, ob es eigentlich eine so große Zumutung sei, wenigstens in den Ferien den Tee von den Blättern abzugießen. Der Toast war zäh und kalt. Wenn dieses Frühstück noch zu retten war, dann halfen nur noch Gewaltmittel. Ich sagte zu Albrecht: »Ich bin so bedürstig.« Das ist die Zusammenfassung von bedürftig und durstig und heißt soviel wie: daß man jetzt ganz schnell etwas ›Richtiges‹ trinken müsse. Sollte Lotte ruhig hören, daß es zwischen meinem Mann und mir eine Sprache gab, die sie nicht kannte. Um der Gerechtigkeit willen muß gesagt werden, daß ich gespannte Situationen gar nicht mag, und um sie zu beenden, bin ich zu jedem Kompromiß und zu jeder Lüge bereit.

Tante Benedikte stellt uns jedesmal, bevor wir kommen, ein paar Flaschen Grappa hin, ordinär, aber bekömmlich. Ich schüttle mich bei jedem Schluck. Ein gräßliches Zeug, aber herrlich! Ein Grappa oder gar zwei oder drei am Morgen wirken einfach Wunder.

Auch dieses Mal. Nach dem dritten Glas schilderte uns Friedrich Georg in allen Einzelheiten den alten Birnbaum am Westhang der Silvretta, an dem diese Birnen gereift seien; er hielt es für eine ›Gute Luise‹, aber das ließ ich nicht zu, meine Großmutter heißt schließlich Luise, und sie ist weder scharf noch ordinär, sondern eine Dame. Jawohl, eine Dame, und Grappa hat sie nie, niemals getrunken. Lotte schlug Griesbirnen vor, Albrecht stimmte ihr bei – ich war großzügig, nun gut, Griesbirnen. Friedrich Georg war mittlerweile bei der breithüftigen Magd angekommen, die die Birnen in ihrer Schürze eingesammelt hatte. Über sie und den alten Bauern wußten wir nun alles. Er beendete seine reichlich naturalistische Geschichte mit: »Im Wein liegt Wahrheit, im Schnaps liegt Lüge.« Wir bekräftigten das mit einem »Prost auf die Magd!«

Auch Lotte gab ihren Beitrag zu dem Geschehen am Westhang der Silvretta. Sie gestand uns, daß die Magd ein Kind unter ihrer Schürze getragen habe, und ich bat Albrecht, ihr doch zu erklären, was es damit auf sich habe. Unter dem Herzen, das ginge allenfalls, wenigstens behaupten das die Dichter. Friedrich Georg fühlte sich angesprochen und wehrte ab. »19. Jahrhundert«, sagte er. »Magd und Kind und Schürze, alles pures 19. Jahrhundert.« – »Falsch«, sagte ich, »pures ist falsch, *pura – Grappa pura*«, und dann beschlossen wir, das Kind wegzulassen. Kein Kind. Worüber Lotte dann ganz traurig wurde.

Derweil schmolz der schöne exklusive Schnee weg. Was blieb, das war ein böiger Wind. Vom Gotthard her hatten sich dünne Wolkenbänder vor die Sonne geschoben, und nach einer knappen halben Stunde sah man nichts mehr vom gegenüberliegenden Ufer.

Albrecht war mit Lotte auf die Terrasse gegangen. Er hatte ihr den einen Arm um die Schulter gelegt, mit dem anderen zeigte er ihr die Gegend. Er wies nach links ins Milchig-Graue und sagte: »Da etwa ist der Monte Ceneri, dort geht es nach Lugano.« Er zeigte geradeaus: »Und drüben, hinter diesem Berg, dem Monte Tamaro, da liegt im Tal Indemini, dahin fahren wir mal, und drüben am Ostufer, da ist Gerra, und auf halber Höhe liegt San Abbondio, und dann kommen nur noch ein paar verlassene Dörfer, und dann kommt die italienische Grenze, und da etwa«, und er zeigte nach rechts ins Milchig-Graue, »sind die Inseln.« Lotte summte ›*Isola bella*‹, und »dort«, erklärte Albrecht, »dort unten beginnt das Maggia-Tal und das Centovalli«, und Lotte sagte immer nur »Ah« und »Oh«, und ich sagte zu Friedrich Georg: »So sollten Frauen sein: bewundern, wo sie nichts sehen, blindlings glauben. Blindlinks! Blindrechts!«

Ich kommandierte den Takt und marschierte danach, und Friedrich Georg hielt den Augenblick für gekommen, daß auch er seinen Arm um meine Schulter legen mußte.

Was wir da am hellen Morgen unter der Pergola überm See spielten, war die reinste Commedia dell' arte. Aber auf einmal hatte ich keine Lust mehr, das zweite Paar, das komische nämlich, zu spielen. Arlecchino und Colombina – ausgerechnet mit dem Dichter; wenn schon gespielt werden mußte, dann doch bitte mit anders verteilten Rollen.

Vielleicht sollte man doch nicht zum Frühstück so viel Grappa trinken. – Ich nahm die Dichterhand von meiner Schulter und lieferte sie bei ihm ab, bedankte mich für die Aufmerksamkeit und erklärte, daß ich meinerseits jetzt erst mal Tante Benedikte den Antrittsbesuch machen wolle. Ich erkundigte mich bei Albrecht: »Was habt ihr vor?« – Und er sah doch wirklich Lotte an und wiederholte auch noch: »Wir? – Wir arbeiten!«

»Dann seid ihr ja gut aufgehoben.« Immer schön ›ihr‹ gesagt und scheinheilig gelächelt und dann zu Friedrich Georg, von dem ich hoffte, daß er mich begleiten würde: »Und du, was hast du vor?«

Er sah mich gedankenvoll an, vielmehr er sah durch mich hindurch – vermutlich befand er sich schon wieder unter dem Birnbaum am Westhang der Silvretta – und murmelte etwas von Meditieren und ›es gewohnt sein, sich selbst zu beschäftigen‹.

Ich verließ den Schauplatz, zog mir die Lederjacke über, steckte auf alle Fälle ein Kopftuch ein, nahm die Basttasche und ging.

Unterwegs aß ich Pfefferminzbonbons, eins nach dem anderen, um Tante Bes ›Aha!‹ und ›So ist das also, Suschen!‹ zu entgehen. Die Luft tat mir gut, nur mein Kopf brummte ein bißchen. Die Straßen waren kaum befahren. Die Fremden blieben bei diesem Wetter offensichtlich in den Hotelhallen; auch an der Madonna del Sasso war kaum ein Mensch, dort steige ich sonst in den Omnibus, wenn ich nach Ascona fahre, aber diesmal ging ich zu Fuß. Und dann war Tante Be natürlich nicht zu Hause! Nur das Stück Kreide lag im Fenster, und mit ihm schrieb ich auf die blaue Haustür: Susanna, und um die Stimmung anzudeuten, malte ich zwei dicke Wolken drüber und schräge Regenstreifen, aber ich war nicht ganz sicher, ob man irgend etwas daraus ersehen konnte; meine zeichnerischen Möglichkeiten sind begrenzt. Ich ging in den Garten und schnitt mir ein paar Zweige vom Tulpenbaum. Wenn das so weiterging mit dem Wetter, würden die Blumen, die schon Anfang März aufgeblüht waren, im April noch erfrieren. Ein hübsches Altdamen-Lila, das ich gern mag, lieber als dieses Seerosen-Weiß, das die Magnolienblüten sonst haben.

Ich fuhr nach Locarno zurück und ging zur Kantonalbank. Auf diesen ersten heimlichen Weg zur Bank freue ich mich immer schon tagelang vorher. Ich stellte mit Befriedigung fest, daß man mich dort wie eine Dame behandelte, obwohl ich eine ausgefranste Cordhose anhatte. Ich ließ mir den Kontoauszug geben. Meine Ersparnisse waren ganz hübsch angewachsen in den paar Jahren. Eine Weile könnte man schon davon leben.

Und dann kaufte ich ein. Der Blick auf den Kontoauszug hatte mein Selbstgefühl um ein beträchtliches gehoben. Die Magie der Zahlen. Zuerst ging ich zu meinem Italiener. Er ist an einem kalten Aprilmorgen die reine Medizin. Der Laden roch nach Frühling, nach Kräutern und Salaten. Ich entdeckte den jungen italienischen Fenchel, frisch geschnittene Brunnenkresse, ich kaufte eine Tüte voll gelber Mispeln, die aus Japan kommen sollen, falls ich meinen Freund, den Gemüsehändler, richtig verstanden habe.

Cento anni würde ich leben, hat er mir versprochen, wenn ich seine Brunnenkresse esse, dick Butter aufs Brot, *pane* und *burro*, das wenigstens erkenne ich in jedem Redeschwall wieder. Ich sagte viele Male *»grazie«* und noch einmal *»grazie«* und tat die Hälfte der Kresse zurück in den Korb. Wir hatten ein langes Palaver, endlich einigten wir uns auf eine Portion, die mich vermutlich neunzig Jahre werden läßt. Ich habe ihm versprochen, jeden Tag zu kommen, und hoffe, daß ich nicht mehr versprochen habe.

Kleine Kuchen für den Nachmittag, und da ich nun schon mal in dem Café war, konnte ich mir doch wohl schnell einen Espresso leisten. Ich saß bereits in meinem Korbsesselchen und suchte mit den Augen die

Tische nach einer Illustrierten ab, als ich hinter einem aufgefalteten Blatt Friedrich Georg entdeckte. Ich schlich mich hinterrücks heran und fragte höflich: »*Scusi, Signore, un momento, giornali* –.« Damit war mein Wortschatz bereits erschöpft. Mehr war aber auch nicht nötig.

Er sah auf und sagte schlichter, als es seine Art ist: »Elendes Stück.«

Ich fragte interessiert: »Stück was?«

»Stück Weib!«

»Kriegt das Stück Weib einen Kaffee?«

»Ich war im Begriff aufzubrechen.«

»Macht nichts, macht gar nichts. Bevor ich nicht oben bin, gibt's sowieso kein Mittagessen, spendier mir ruhig eine Tasse.« Er ist nämlich ein wenig geizig wie alle Dichter. Vermutlich verschwenden sie ihren Geist, und irgendwo muß man ja mit der Sparsamkeit anfangen. Bei anderen Leuten wird das wohl umgekehrt sein.

Auf dem Heimweg trug er mir die Basttasche, und man kann nicht gerade sagen, daß sie ihm gut gestanden hätte. Bei Albrecht wirkt so ein Ding an der Hand ganz natürlich, es tut zumindest seinem Ansehen keinen Schaden. Wir stiegen die Treppen hinauf, hübsch langsam, an jedem Absatz machten wir halt, und ich erklärte ihm die Gegend, ähnlich wie es am Morgen Albrecht bei Lotte getan hatte, nur den Arm um die Schulter ließen wir weg.

Friedrich Georg war entzückt von der Casa Susanna, und sie ist auch gerade von diesem Treppenweg aus besonders hübsch. Die braune Holzveranda hebt sich so warm vom Rosa der Hauswand ab, und der Lorbeerbaum an der Gartentür war blank und grün vom Schnee am Morgen. Während ich die Haustür aufschloß, stellte der Dichter fest, daß der Lorbeer blühte. Gerade öffneten sich die ersten Knospenkapseln, nichts Großartiges, nichts Attraktives, aber bei Lorbeer kommt es ja gar nicht so sehr auf Farbe und Duft an, da ist eben alles Symbol. Friedrich Georg brach einen Zweig ab, und ich hatte den Eindruck, daß man ihn in den nächsten Stunden nicht stören dürfe.

Ich ging mit meinem Arm voller Magnolienblüten ins Wohnzimmer. Lotte saß am Eßtisch und tippte auf der Schreibmaschine, sie hatte mich nicht gehört, und Albrecht saß vor dem Kamin in einem wahren Chaos von Schriftstücken. Er schien sich in einem Zustand hochgradiger Gereiztheit zu befinden, und man mußte froh sein, daß kein Feuer brannte, sonst hätte er alles an Papieren hineingeworfen, nur weil er offensichtlich nicht fand, was er suchte. Männer sind so starrsinnig. Und dann nennen sie das auch noch Konsequenz. Warum tat er nicht erst mal etwas anderes? Warum mußte es ausgerechnet die eine Akte sein, wenn er dreißig zur Verfügung hatte, und bearbeiten wollte er doch anscheinend alle, sonst hätte er sie ja nicht mitzubringen brauchen. Aber ich mischte mich nicht ein. Für diese Sorte von Ärger war jetzt Lotte zuständig. Jedem das Seine.

Da er die Schritte von Friedrich Georg gehört hatte, sagte er nicht eben freundlich: »Habt ihr euch wenigstens gut amüsiert?«

Ich sagte: »Psst, ihn hat die Muse geküßt.«

»Du solltest dich schämen!«

»Aber warum denn, sie hat ihn geküßt in der Gestalt von blühendem Lorbeer« – und da fiel mir Daphne ein, und ich lief rasch in den Flur und rief: »Vergiß Daphne nicht!« Schließlich hat man ja Verpflichtungen, wenn man einen Dichter im Haus hat.

Er hat dieses Gedicht dann nie fertiggeschrieben, aber es hat ihn lange gequält. Am dritten oder vierten Morgen fand ich in seinem Aschenbecher einen Zettel, auf dem stand: »Der Lorbeer blüht auch im Regen ...«

Das tat er wirklich. Es fing an zu regnen, während ich in der Küche das Essen vorbereitete. Gedünsteten Fenchel in saurem Rahm, mit geriebenem Käse überbacken und dazu körnigen Reis mit Schinken. Wir tranken Wasser zum Essen, was sonst verpönt ist, dabei ist das Wasser herrlich. Gleich neben dem Haus, unter jenem blühenden Lorbeerbaum ist eine Quelle, von Moos überwachsen und nur mit ein paar grauen Feldsteinen eingefaßt. Unser Dichter ging gern zu der Quelle und schöpfte das Trinkwasser zu den Mahlzeiten – er war ja nicht ohne Selbsterkenntnis. Er nannte es den ›Gang zu den Müttern‹.

Vor dem Essen hatte es noch einen kleinen Zwischenfall gegeben. Als ich den Tisch decken wollte, sagte Albrecht, daß dieser Tisch zum Arbeiten benutzt werde, und da habe ich eben hinter seinem Rücken auf dem Fußboden gedeckt.

Es sah aus wie bei Heinzelmännchens: Tellerchen, Messerchen, Becherchen, und die Blumenvase hatte ich auch nicht vergessen. Ich fand das sehr komisch. Aber Albrecht fand es leider gar nicht komisch. Ich hatte an jenem Morgen mit meinen Einfällen irgendwie kein Glück. Er bat Lotte in sehr förmlichen Worten, den Tisch jetzt für die Mahlzeit frei zu machen, und zu mir sagte er, daß er sich immer freue, wenn er mich in guter Stimmung sehe.

Gleich nach dem Essen beschloß er dann, einen Arbeitstisch zu bauen. Er wollte das tun, während wir schliefen. Er sagte mit vollem Ernst ›schliefen‹, und dann hämmerte er auf der Terrasse, hobelte, sägte, schlug Nägel ein, und zwischendurch fragte Friedrich Georg ihn vom Balkon herab, ob er ihm behilflich sein könnte; ein Anerbieten, das von Albrecht mit einem schnöden und beinahe schon beleidigenden »Sie?« abgelehnt wurde. Und dann sagte er auch noch, daß Holz doch wohl nicht das richtige Material für einen Dichter sei. Etwas später habe ich es dann versucht. Da war der Gegenstand einem Tisch schon ganz ähnlich, die Stimmung war infolgedessen wesentlich gebessert, ich hatte sogar Gelegenheit, noch ein paar innerbetriebliche Verbesserungsvorschläge anzubringen. Wir bespannten gemeinsam die Tischplatte mit Tapeten, die einfarbige Rückseite nach oben, was sehr proper aussah, außerdem ließen sie sich auswechseln, und man konnte sie für Notizen benutzen. Die Summe dieser Vorzüge trug mir viel Lob ein. Leider schwankte der Tisch bedenklich auf seinen vier Beinen. Wir mußten ihn mit der Längsseite ans Fenster stellen und ihn mit Haken und Ösen an der Fensterbank festmachen. Auch dieser Vorschlag stammte von mir. Ich war in Albrechts Achtung wieder gestiegen; so sehr, daß ich sogar das Lied von der Hobelbank singen durfte, was ich nur sehr selten darf.

Im oberen Stockwerk mußte man den Stimmungsumschwung gemerkt haben, denn die beiden kamen bald darauf, bewunderten und lobten, und Albrecht gestattete uns, an dem neuen Tisch Kaffee zu trinken.

Als Tante Be erschien, fand sie uns in bestem Einvernehmen vor. Sie hatte ihre unvermeidlichen Hunde mit, braunrote Setter aus ältestem Hundeadel, nicht eben temperamentvoll. Ich mache mir nicht viel aus Hunden, Albrecht übrigens auch nicht. Lotte hingegen bemühte sich gleich mit meinen guten Amaretti um die Gunst der Tiere. Sie ließen sich das gefallen, hatten am Ende beide ihre langohrigen Zottelköpfe in Lottes Schoß liegen, und sie schmuste mit ihnen. Sie hat eine gar nicht zu unterschätzende Geschicklichkeit, sich in Pose zu setzen. Das Bild war reizend: Lottes grüne Bluse, ihr schwarzes Haar, das glänzende Braunrot der Hundefelle. Daß sie sich die Gunst von Tante Be verscherzte, indem sie die der Hunde gewann, konnte sie schließlich nicht ahnen.

Nachmittag und Abend verliefen friedlich. Wir saßen wieder am Kamin, und Albrecht röstete Kastanien. Sie schmeckten muffig, im Herbst sind sie besser. Tante Be bestand darauf, uns eine Fondue zuzubereiten, und war nahezu ungehalten, daß es in meinem Ferienhaushalt keinen Knoblauch gab. An dieser fehlenden Knoblauchzehe, mit der – nach ihrer Ansicht – der Kupferkessel unbedingt ausgerieben werden muß, bevor die übrigen Zutaten hineinkommen, wäre das Unternehmen fast gescheitert. Nachher lag uns der warme Käse schwer im Magen. Dabei hatten wir genügend Rosatello dazu getrunken; die Flasche Grappa rührte außer Tante Be an diesem Abend keiner an.

Lotte versuchte, Tante Be die Geschichte von dem alten Birnbaum und der jungen Magd am Westhang der Silvretta zu erzählen, aber entweder war diese Geschichte bereits am Morgen ziemlich albern, oder Lotte kann einfach nicht erzählen.

Wir begleiteten Tante Be dann noch ein Stück nach Ascona, Auf dem Rückweg nahm ich Albrechts Arm. Diesen Weg gehen wir fast an jedem Abend, wenn wir im Tessin sind. Wir schickten Friedrich Georg und Lotte voraus. Es war hübsch, so im Regen zu gehen. Manchmal wehte uns ein Duft von Tulpen und Veilchen und warmer Erde von irgendwo aus dem Dunkel zu; die Tropfen liefen mir sachte übers Gesicht, und dann und wann strich Albrecht sie mit dem Daumen weg.

Friedrich Georg erkundigte sich, als wir unsere

Casa erreicht hatten, ob ich wohl Milch und Honig im Haus hätte. Seit Jahren pflegte er vor dem Schlafengehen einen Löffel Honig in heißer Milch zu sich zu nehmen. Er vermeidet jegliche Drogen. Alles, was nicht Koffein, Nikotin, Alkohol heißt, scheint er für Drogen anzusehen und darum für schädlich. Er hat die standesgemäßen Schlafstörungen. Ich weiß nicht mehr, ob er immer dann nicht schlafen kann, wenn er über einer neuen Arbeit sitzt, oder wenn er es nicht tut; wann ihn die Unruhe stärker packt, beim Arbeiten oder beim Nichtarbeiten.

Albrecht wurde im Lauf dieses Gesprächs, das in der Küche stattfand, während wir alle darauf warteten, daß die Milch heiß wurde, zusehends robuster und heiterer, und dann verabschiedete er sich mit einem lauten, allgemein gehaltenen »*Buona notte*«, ging nach oben und rief über die Schulter zurück: »Einen fröhlichen Schläfer hat Gott lieb – fragen Sie meine Frau, die nämlich auch!« Ob ich mich eines fröhlichen Schlafes oder der besonderen Liebe Gottes erfreue, blieb ungewiß.

Später, als es im Haus still geworden war und man nur noch den Regen hörte, kam er zum Gutenachtsagen.

Am anderen Morgen regnete es noch immer. Gegen neun Uhr war es ein wenig heller geworden, und man hatte erkennen können, daß sich der Schnee über Nacht wieder ein ganzes Stück die Täler hinuntergemogelt hatte.

Das Frühstück war ohne besondere Ereignisse verlaufen. Alle waren pünktlich, Lotte hatte die grüne Bluse gegen eine zitronengelbe vertauscht, und turnusmäßig trug Friedrich Georg an diesem Morgen eine Krawatte und Albrecht ein offenes Hemd. Wir redeten über die Vorzüge von Cornflakes zum Frühstück und darüber, ob morgens ein kalter Fruchtsaft in den schlafenden Magen wirklich gesund sei, und Lotte erklärte, gesund zu leben empfände sie doch als recht ungesund. Die erste gescheite und witzige Bemerkung von ihr, aber ich glaube, sie war nicht einmal so gemeint.

Wir gingen gemeinsam auf die Terrasse und besprachen die Lage. Das Ergebnis war, daß Albrecht und Lotte mit dem Auto nach Locarno fuhren, um uns autark zu machen. Wir stellten eine lange Liste auf von allem, was wir brauchen würden, falls der Regen tagelang andauerte, was nach Ansicht der Männer zu erwarten war. Albrecht war kompetent für Italien, und die Südschweiz ist schon ein Stück Italien, Friedrich Georg für die Meteorologie, die in seinem linken Knie zu sitzen scheint, wo er seine Kriegserinnerungen aufbewahrt; sein Kriegsverdienstkreuz nennt er das. Die Männer prophezeiten einmütig: Landregen. Ich empfahl Lotte, einen Espresso bei Picelli zu trinken, und versäumte nicht, auf die ausgezeichneten Illustrierten hinzuweisen, mit einem kleinen Seitenblick auf den Dichter. Ich sagte mehrmals »Ihr« und »Euch« und »Wenn ihr dann wiederkommt« und »Vergeßt nicht, Tomaten mitzubringen für eine Pizza und mindestens *quattrocento grammi di* Bel Paese«. Unser Künstler fand die Zusammenstellung von Quattrocento und einem Landkäse nicht delikat.

Die beiden gingen zum Auto, und Friedrich Georg begleitete mich in die Küche. Er setzte sich auf den Kühlschrank, rauchte eine Zigarette, während ich das Geschirr abwusch, und fragte beiläufig: »Was hast du eigentlich gegen das Mädchen?«

Ich sagte wahrheitsgemäß: »Nichts, wirklich! Lotte ist reizend, ich habe nichts gegen sie einzuwenden.«

Nach einer eindrucksvollen Pause ging das Verhör weiter.

»Wo hast du eigentlich deinen Mann kennengelernt?«

Ich zögerte. »Habe ich dir das nie erzählt?«

»Nein. Du warst zunächst sehr geheimnisvoll, daraus schloß ich, daß irgend etwas nicht stimme mit dem Familienstand. Und eines Tages hast du mich vor die vollendete Tatsache gestellt, und die vollendete Tatsache war eine geschmackvolle Heiratsanzeige.«

»Gut. Wenn du es wissen willst: Ich war Albrechts Sekretärin oder Mitarbeiterin, oder wie du es nun nennen willst.«

Er schwieg. Aber Takt ist nun mal nicht die Sache der Dichter, er beschloß das Gespräch mit: »Kleine Allergie gegen Sekretärinnen – wie?«

Dann ging er ›arbeiten‹ und ließ mich mit der Hausarbeit und meiner Allergie allein.

Als ich im Treppenhaus fegte, kam er aus seinem Zimmer und fragte: »Singst du eigentlich immer?«

»Ich fürchte, ja. Stört es dich sehr?« Ich legte alle verfügbare Sanftheit und Teilnahme in meine Stimme.

»Nun – ich versuche mich zu konzentrieren. Es mag Beschäftigungen geben, zu denen derartige Lieder besser passen.«

Gegen diese Anschuldigung mußte ich mich zur Wehr setzen, das Lied paßte, darauf bin ich immer bedacht. Ich griff also nach meinem Besen und sang weiter: »...weil du mußt die Treppe fegen, Mädchen, darum weine nicht, weine nicht so sehr...« Ich blickte ihn erwartungsvoll an. Er hatte sich auf das Geländer gesetzt, steckte sich eine Zigarette an und sah mir zu.

»Bist du eigentlich sehr froh, daß du mich nicht geheiratet hast, Friedrich Georg?«

»Teils – teils.«

»Welchen Teil hättest du denn gern gehabt?«

Er überging diese Frage, er schien nachzudenken. »Vielleicht hätte ich mich daran gewöhnt.«

»Woran?«

»Daß du im Haus rumorst, daß du singst. Wo du bist, ist Leben, verstehst du? Richtiges Leben. Alltag, der weitergeht, man hat teil daran, aber nur durch ein einziges Organ, das Ohr.«

»Ausgerechnet das Ohr! Bißchen wenig, meinst du nicht? Frauen haben es gern, wenn man ihnen mehr als ein Ohr leiht.«

»Und wie ist das mit deinem Mann?«

»Also, ob es bei ihm das Ohr ist, das weiß ich nicht. Aber ich kann ihn gern einmal fragen.«

Die Unterhaltung mit mir schien ihn weniger zu fesseln, als wenn ich ›rumorte‹, er brauchte mich nur als Geräuschkulisse. Andere stellen das Radio an. Er sagte noch etwas von der Stille, die quälender sein könne, auf gewisse Weise sogar lauter, drohender, und ging dann zurück in sein Zimmer. Ich folgte ihm, aus reiner Teilnahme, nur um nachzusehen, ob ihm nicht kalt sei und ob er überhaupt einen ordentlichen Platz zum Schreiben habe. Außerdem suchte ich nach einem Anlaß, diese Fegerei zu beenden.

Er saß auf dem Bettrand, hatte sich einen Schal um den Hals gewickelt und rauchte und dachte. Man konnte es wirklich sehen. Ich erkundigte mich, ob er sich nicht auch einen Arbeitstisch bauen wolle oder ob er nicht unten sitzen könne, vorerst kämen die beiden bestimmt nicht wieder zurück. Er wehrte ab. »Ich bitte dich, Susanne! Die Umgebung bedeutet mir nichts. Es ist wirklich gleich, wo es geschieht – wenn es geschieht.«

Ich sagte: »Wer nie an regennassen Tagen auf seinem Bette dichtend saß –«

Er zuckte zusammen. Ich kehrte an meine Hausarbeit zurück. Mir schienen ausschließlich die niederen Dienste zuzufallen.

Da Albrecht an diesem Vormittag nicht zum Arbeiten gekommen, andererseits die richtige Akte mittlerweile gefunden war, sollte das Feuer im Kamin schon mittags angesteckt werden, dann konnte Friedrich Georg den Heizventilator mit nach oben nehmen. Was aus mir wurde – davon war nicht die Rede.

Mein Mann ging in den Schuppen und holte Holz und einen Stoß alter Zeitungen zum Feueranmachen. Ich hatte gesehen, daß er eine ganze Weile auf den Stufen vor dem Kamin gesessen und in einer von den Zeitungen gelesen hatte, obwohl die Scheite schon aufgeschichtet waren. Da mußte es dann passiert sein . . .

Wir hatten eben Kaffee getrunken, Lotte holte die Schreibmaschine herbei und legte Albrecht die Akten zurecht. Sie hatte sich in Locarno rote Zoccoli gekauft und zockelte ungeschickt, aber ganz anmutig auf ihren hochhackigen Holzschuhen herum. Zigaretten, Streichhölzer, für ihn und für sich noch eine zusätzliche Tasse Kaffee. Sie machte das nett, leise und sehr aufmerksam. Ich beobachtete sie und überlegte, ob ich für Albrecht eine so gute Sekretärin gewesen war, wie sie es ist.

Friedrich Georg hatte sich anders entschlossen; er mußte ein ordentliches Stück laufen. Wir schlugen ihm den Weg ins Verzasca-Tal vor, über Brione, er konnte ja jederzeit umkehren, wenn er wollte, sehr weit würde er bei dem Regen doch nicht kommen. Er zog den alten, verschossenen Regenmantel von Simonetti an, der eine Kapuze hat.

Ich sah ihm nach: wie er da die Treppen hinaufstieg, den Kragen hochgeschlagen, die Schultern etwas gebeugt, die Arme eng am Körper, die ganze Haltung konzentriert und in sich gekehrt – er gefiel mir wieder sehr gut. Ich habe ganz einfach eine Schwäche für ihn, überhaupt für diesen Typ.

Ich suchte mir ein Buch hervor, ebenfalls aus der Hinterlassenschaft von Herrn Simonetti, zog mir den Schaukelstuhl, der ein Geschenk von Tante Be ist, ans Feuer, hatte Schokolade, einen Wermut, Zigaretten: alle Zutaten waren vorhanden; ich gedachte, mir einen gemütlichen Nachmittag zu machen.

Selbst wenn Albrecht diktiert, stört mich das nicht allzusehr, notfalls höre ich einfach zu. Interessant sind solche Fälle eigentlich immer. Das eine Mal ist man überrascht von der Gleichförmigkeit der Probleme, das nächste Mal über die Absonderlichkeit der Menschen. Manchmal gelingen Albrecht brillante Formulierungen. Lotte redet ihm während des Diktats, wenn er zögert und nach einem passenden

Wort sucht, nie dazwischen, was ich oft getan habe. Er hat damals zwar ›danke‹ gesagt, aber angenehm war es ihm sicher nicht. Immerhin war ich eine angehende Juristin und verstand etwas davon, und sie ist nur seine Sekretärin. Ob es sich ›nur‹ darum handelte, das festzustellen war der Zweck unseres Aufenthaltes im Tessin.

Ich las etwa eine halbe, vielleicht aber auch eine ganze Stunde. Es dämmerte bereits. Ich hatte ein paarmal Holzscheite nachgelegt. Die Schreibmaschine klapperte sehr laut. Lotte hat einen raschen, sehr harten Anschlag. Ich hatte schon überlegt, ob ich nach einer Decke suchen sollte, die man unter die Maschine legen könnte, nur war ich einerseits zu faul aufzustehen und andererseits auch nicht sicher, ob Albrecht nicht gereizt sagen würde: Wenn es dich stört, daß wir hier arbeiten, kannst du ja vielleicht nach oben gehen – wahrscheinlicher noch war, daß er mir vorschlagen würde, Friedrich Georg ein Stück entgegenzugehen, damit er nicht vom rechten Weg abkäme; wenn man nämlich in der Dämmerung die Treppe in Orselina verfehlt, muß man einen sehr großen Umweg machen. Es war sogar möglich, daß mein Mann mir nahelegte, in Locarno ins Kino zu gehen, daß er mich hinunterfahren und sagen würde, zurück könne ich mir ja ein Taxi nehmen. Ich hasse es, ins Kino geschickt zu werden.

Die Szene spielte sich dann genauso ab, wie ich es mir gedacht hatte, nur daß er als zweiten Vorschlag das Kino und als letzten Friedrich Georg wählte. Die

Decke, die ich geholt hatte, warf er in eine Ecke, sagte heftig, daß Lotte schließlich nicht unter der Decke schreiben könnte – er meinte die Zimmerdecke, ich wußte das, aber ich lachte trotzdem, weil ich mir vorstellte, sie säße unter der Wolldecke im Dunkeln, und leider sagte ich auch noch, sie würde sich da sicher prächtig entwickeln.

Er reagierte sachlich, und das ist ein schlechtes Zeichen. Lotte leide unter Rückenschmerzen, und der Stuhl habe sowieso nicht die richtige Höhe, und es sei eine Zumutung, sie unter derartigen Bedingungen arbeiten zu lassen. Ich schlug vor, er solle ihr doch einen neuen Stuhl bauen, er habe ja jetzt Übung. Lotte hatte Tränen in den Augen, Albrecht stand heftig auf und schrie mich an, daß kein Mensch in meiner Gegenwart arbeiten könne, ich nähme ihm einfach jegliche Fähigkeit zur Konzentration. Noch einer also, den meine Gegenwart störte. Morgens Friedrich Georg, nachmittags mein Mann. Ich hatte einfach keine Lust auf einen Streit. Ich war nur ärgerlich, daß man mich von meinem Platz am Kaminfeuer vertreiben wollte. Diesen Hang zur Bequemlichkeit habe ich von meinem Vater. Da ich aber, ebenfalls von ihm, einen anerzogenen Respekt vor Leuten habe, die behaupten, daß sie ernstlich arbeiten wollen, gab ich nach, sagte nur noch, daß man mich doch nicht wie einen Hund in den Regen schikken könne. Ich ging in die Küche und gedachte, ihnen allen jetzt überhaupt erst mal zu zeigen, was eine Pizza ist.

Der Gedanke belebte mich. Ich versprach ein richtiges original-italienisches Abendessen. Je älter ich werde, desto mehr wird mir klar, daß man Männern mit nichts so imponieren kann wie mit Kochkünsten. Für einen delikat zubereiteten Spinat verzichten sie auf Kenntnisse in der Metrik und auf die geistreichsten Ausführungen über die Strafgesetzgebung im antiken Rom – aber auch auf ein reizend zurechtgemachtes Gesicht. Diese Erkenntnis ist wahrscheinlich nicht originell, aber das liegt nicht an mir, sondern an den Männern.

Man kann zu einer Pizza natürlich auch ein ganz gewöhnliches Hefestück ansetzen, aber dazu muß man Hefe im Haus haben und sicher sein, daß einem das gerät. Hefeteig, das ist nicht meine starke Seite; dafür kann ich einen delikaten Blätterteig herstellen. Quark und Fett und Mehl zu gleichen Teilen, gut durchgearbeitet und gewürzt, eine Weile kalt gestellt und dann auf dem Blech ausgerollt.

Ich war gerade dabei, die Zutaten für den Belag zusammenzutragen, die man nach Belieben variieren kann, als Friedrich Georg zurückkehrte. Naß, aber in allerbester Stimmung. In irgendeiner kleinen Trattoria in Brione hatte er die Wohltat eines Wermut-Siphons erkannt. Anscheinend brachte er als Beute sogar vier bis sieben Gedichtzeilen mit nach Hause. Ich ermunterte ihn, sie aufzusagen, doch er schien den Ort nicht für geeignet zu halten. Dafür war er aber sofort bereit, mir bei der Pizza zu helfen. Er knotete sich ein Handtuch um die Hüften, öffnete mir die Büchse mit Sardellen, schnitt den Käse, und dann machten wir das erste Blech fertig: Butterflöckchen, Käsescheiben, viel Tomaten, ein paar Streifen Sardellen, ein paar Oliven, ein wenig Rosenpaprika statt der frischen Paprikaschoten, die für eine Pizza unerläßlich sind – darin gebe ich Tante Be recht –, und dann schoben wir das Blech in den Ofen.

Ich stellte das Geschirr zurecht, Friedrich Georg entkorkte eine Flasche Barbera. Als Aperitif sollte es einen Wermut geben und zum Nachtisch von den in süßem Rum eingelegten blauen Trauben, die wir noch nicht probiert hatten; seit Anfang Oktober war keiner von uns in der Casa gewesen.

Friedrich Georg quirlte mit dem Mixer den Schlagrahm, den wir zu den Früchten servieren wollten, und berichtete mir von dem Feuersalamander, den er gesehen hatte. Er war fasziniert von diesem schwerfälligen schwarzen Tierkörper. Etwas Urtümliches sei da noch, etwas, das Furcht und Erbarmen zugleich einflöße. Dieses feuchte Schwarz mit den feuriggelben Flecken – er vergaß darüber, die Sahne zu schlagen, ich nahm ihm das Gefäß weg, er setzte sich wieder auf den Kühlschrank, steckte sich eine Zigarette an, und allmählich kroch aus dem Herd der warme Duft der Pizza, und der Dichter schrieb auf ein Butterbrotpapier, das ich ihm schnell noch hinschob, weil ich sah, was los war:

»Wenn du alles vergißt: den Tau,
den Schierling am Wege,

die gelben Flecke des Salamanders,
die Frösche am Abend –

Weil du alles vergessen mußt,
weil man nicht geizen darf –«

So weit war er gekommen, als Albrecht mit lautem »Ah« und »Oh« die Küchentür aufmachte und dann so tat, als seien ich und erst recht Friedrich Georg die Bevorzugten des Schicksals, die sich in dieser angenehm duftenden warmen Küche aufhalten durften, während er arbeiten mußte. Er sagte nicht übermäßig freundlich zu dem Dichter: »Na – schon zurück? Wie war die Beute?« und steckte seine Nase in mein Haar. »Paprika!« Schnupperte noch mal, sagte: »Sardelle? Bel Paese –«

»Nein!« Ich widersprach. »Ganz falsch. Emmentaler –.« Friedrich Georg räusperte sich und verließ die Küche. Und dann deckte ich den Tisch. Wir stellten Kerzen auf, ich legte ein paar Kamelienblüten in eine Glasschale. Es hätte ein so hübscher Abend werden können.

Den Aperitif tranken wir im Stehen. Der Abend versprach Stil zu bekommen. Ich hatte mich umgezogen, und Friedrich Georg hatte es auch getan. Er machte uns klar – da wir es ja nicht wissen konnten –, was es bedeutet, ein Dach über dem Kopf zu haben bei einem solchen Regen. Er hielt eine reizende kleine Ansprache, in der sogar die blaßroten Blütenblätter der Kamelien auftauchten, die auf den Regenpfützen schwammen. Es klang sehr poetisch.

Ich hatte bereits das zweite Blech in den Ofen geschoben. Albrecht tat sich zusätzlich noch kleine Butterflöckchen auf die großen Stücke Pizza, die er sich abschnitt, und kleckste auf Lottes Teller ebenfalls Butter und bemerkte, daß sie ja schließlich gearbeitet hätten, und nichts mache nun mal den Menschen hungriger als die Sorgen anderer Leute und diese Geschichte da –

Friedrich Georg und ich hatten keine Ahnung, worum es sich handelte. Aber er macht sich auch nichts aus ›wahren Geschichten‹, er ist der Meinung, daß sie die eigene Phantasie abtöten, und ich habe seit damals eine Abneigung gegen Scheidungsaffären. Vielleicht bin ich auch allergisch, kann sein. Die zwei Jahre in Albrechts Praxis reichen mir für den Rest meines Lebens. Viel länger hält man das nicht aus. Das ist einfach nichts für Frauen. Männer sind da robuster; sie haben vor allem nicht die fatale Neigung, Parallelen zu ziehen. Sie kommen gar nicht erst auf den Gedanken, daß man einen speziellen Fall möglicherweise auf einen anderen oder gar auf den eigenen übertragen könnte. Sie sehen gar nicht die Banalität. Sie glauben tatsächlich, daß ihre eigenen Probleme, in eben dieser höchstpersönlichen Konstellation, urheberrechtlich geschützt seien.

Vielleicht aber befähigt gerade diese Eigenschaft

Albrecht dazu, einen Fall ›unvoreingenommen‹ zu betrachten. Ich wäre wohl nie eine gute Anwältin geworden, immer hätte ich überlegt, wie ich mich in der Situation meines Klienten verhalten würde.

Friedrich Georg gab dem Gespräch eine allgemeinere Wendung; seitdem er ein paarmal im Rundfunk Diskussionen geleitet hat, ist er sehr gewandt in der Führung eines Gesprächs geworden. Er machte den Vorschlag, daß wir – vorausgesetzt, der Regen höre einmal auf – doch zu Fuß oder auch mit dem Wagen, je nachdem, bis an die Schneegrenze fahren sollten. Er machte uns auf die eigentümliche Faszination aufmerksam, die in jener Zone des Übergangs liege, dieser, man dürfe das wohl durchaus übertragen, Küstenlandschaft: Bis hierhin reicht der Schnee, dort wird er zu Wasser oder einfach vom Erdreich geschluckt. Oder: Eben hier regnet es, ein Strich, den niemand zu ziehen vermöchte, dort ist es trokken. Diese Grenzsituation in der Landschaft, in sie müsse man vordringen, genauso verhalte es sich übrigens mit der Baumgrenze, ähnlich bei einem zufrierenden See. Diese zarte Linie, die das hauchdünne Eis von dem lebendigen warmen Wasser trenne.

Es aß sich gut bei seiner Unterhaltung. Ich hatte nur immer das Gefühl, er käme dabei ein wenig zu kurz mit der Pizza. Als wir drei längst fertig waren, legte er eben sein zweites Stück auf den Teller, woraufhin Albrecht sagte: »Ihnen schmeckt's mal wieder!« Ich schlug den beiden vor, endlich zum Du überzugehen, sie kannten sich jetzt annähernd fünf Jahre. Sie erhoben sich bereitwillig, sagten sehr korrekt und förmlich: »Mein lieber Albrecht!« – »Mein lieber Friedrich Georg!« Und Albrecht fragte, als sie glücklich wieder saßen, ob er sich nun nicht endlich für einen seiner Namen entscheiden könne, Doppelnamen müßten doch wohl nicht sein; er gedächte, ihn in Zukunft Friego zu nennen. Ein Vorschlag, den ich begeistert aufgriff, der bei dem Dichter jedoch nicht annähernd die gleiche Begeisterung auslöste. Er erklärte uns, daß ein Mann von einem gewissen Alter an und – es möge vielleicht anmaßend klingen, aber genauso sei es – von einem gewissen Renommee, man könnte es auch Reputation nennen, einen wirklichen Namen haben müsse, dem ein Gewicht innewohne. Die Tradition eines Namens sei wichtig. Bei Albrecht, so führte er aus, denke jeder an Albrecht den Bären. Das war nun wirklich nicht originell. Ich nenne meinen Mann seit Jahren ›Bärlein‹, und wenn er böse mit mir ist, sage ich ›Meister Petz‹. Bei Lotte – er hob ihr sein Glas entgegen, und sie tranken zusammen – denke jeder an die reizende Lotte des jungen Werther. Er hob mir sein Glas zu und sagte: »Su –«

Ich unterbrach ihn: »Untersteh dich! So stehen wir nicht miteinander. Im Bade, das könnte dir so passen, und du bist dann einer von den beiden zugukkenden Alten, die sich die Nase plattdrücken.«

Friedrich Georg wehrte ab, er schien meinen Vergleich für vulgär zu halten. Daran habe er keineswegs gedacht, sondern an Susette Gontard, die Geliebte Hölderlins.

Er schien sich demnach in der Rolle des Hauslehrers und Dichters zu sehen. Ich trank Albrecht zu und tröstete ihn: »So viele Kinder und dann noch eine treulose Gattin.« Wir tranken auf Diotima-Susette und erhoben uns zu ihren Ehren. Friedrich Georg holte das Gespräch hartnäckig zu sich zurück. »Friedrich – man denkt an die Hohenstaufenkönige, an Sizilien, an Kastelle.«

Lotte sagte: »Ich nicht.«

Er sah nicht einmal zu ihr hin. »Georg – man denkt zuerst an den Heiligen, den Ritter Georg, der den Drachen tötet. Die Vorstellung«, sagte er, »einen Namen zu führen wie Willi oder Freddy oder auch Klaus, der doch von dem guten symbolkräftigen Nikolaus herrührt –«

Und in diesem Augenblick unterbrach ihn Albrecht: »Klaus! – Also, paßt auf, da muß ich euch eine Geschichte erzählen.«

Er griff nach der Flasche, füllte wieder alle Gläser, bot Zigaretten an, was er sonst meist vergißt.

»Stellt euch das einmal vor: Weihnachten. Es regnet. Ein Hotelzimmer.«

Lotte kicherte. Sie fragte: »Nach Norden?«

Er ließ sich auch von ihr nicht beirren. »In diesem Hotelzimmer sitzt eine Frau auf dem Bettrand. Das Bett ist zerwühlt. Es ist spät am Vormittag.«

Wir nahmen seine Geschichte nicht ernst genug.

An dieser Stelle fragte ich, ob es sich um den ersten oder den zweiten Feiertag handle.

»Das ist jetzt nicht wichtig.«

Friedrich Georg unterstützte mich. »Solche Details sind von gar nicht zu unterschätzender Wichtigkeit!«

Unbeirrt fuhr Albrecht fort: »Auf dem Bettrand sitzt eine Frau. Sie heißt Edith. Ich wiederhole: Edith. Sie hat aufgelöstes Haar. Sie ist halb angezogen.«

Lotte kicherte schon wieder und fragte: »Wie halb?«

»Unterrock. Sie hat einen Brief in der Hand. Sie zerknüllt ihn. Es klopft an die Hotelzimmertür. Sie denkt: Ist es Klaus?«

Albrecht schwieg. Er griff zum Glas. Wir saßen da und sahen ihn fragend an.

»Na und? Weiter?«

»Nichts und –. Aus. Fini. Basta!«

»Darf man fragen, warum du uns das erzählst? Was ist das überhaupt für eine Geschichte, woher hast du sie? Alberne Geschichte«, sagte ich.

Der Dichter war der einzige, der irgend etwas begriffen hatte. Er dachte halblaut vor sich hin, drehte das Glas zwischen den Händen, sah ins Kerzenlicht. »Man stelle sich das vor: Weihnachten. Das zerwühlte Hotelbett. Eine Frau mit aufgelöstem Haar.«

Albrecht quittierte diese Wiederholung mit einem befriedigten: »Na bitte! Edith – wohlgemerkt: Edith.«

Ich sagte: »Soll sie da vielleicht die Feiertage über sitzen bleiben?«

»Eben!«

Ich schlug vor: »Vielleicht könnte sie sich erst mal fertig anziehen und frisieren.«

»Tut sie aber nicht!«

Jetzt mischte sich Lotte wieder ein: »Ich verstehe kein Wort! Was ist das für eine Edith? Kennen Sie sie denn, Albrecht?«

»Kennen? Was heißt hier kennen? Es kommt hier lediglich darauf an: Was soll nun werden? Seit heute nachmittag denke ich darüber nach.«

Bis dahin hatte ich geglaubt, es handele sich um einen von Albrechts Fällen; solche intimen Situationen kommen ja durchaus vor und werden auch aktenkundig gemacht; diese Situationen und Probleme gehen ihm oft noch ein paar Stunden nach, und es kommt schon einmal vor, daß er mich das eine oder andere fragt. Er ist der Ansicht, daß ich einen volkstümlichen Verstand habe, von dem er zugibt, daß er gelegentlich die Ereignisse besser voraussieht als ein anderer, mit Fachwissen belasteter. Von meinem Fachwissen hält er nichts. Albrecht hatte schon wieder die Gläser gefüllt. Wir waren zu diesem Zeitpunkt alle nicht mehr ganz nüchtern, sonst wäre die weitere Entwicklung auch gar nicht denkbar gewesen.

Friedrich Georg fragte: »Muß sie Edith heißen?«

»Sie muß.« Albrecht duldete nichts anderes, und Friedrich Georg erklärte sich einverstanden. »Und wie war das mit dem Mann? Wie, sagtest du, heißt er?«

»Klaus.«

»Klaus – das ist schlecht, aber aufschlußreich. Ein junger Mann also. Zu jung für diese Frau. Dreißigerin – wie?«

Jetzt griff ich entschlossen ein. »Wollt ihr wohl endlich aufhören? Zwei Frauen habt ihr am Tisch, und von einer dritten redet ihr, die halb nackt auf dem Bettrand sitzt.«

»Halb angezogen, meine Liebe«, korrigierte mich mein Mann, »und das ist ein Unterschied, das solltest du doch wohl nachgerade wissen.«

Wenn mein Mann ›meine Liebe‹ sagt, ist er entweder verärgert oder er hat zuviel getrunken. In beiden Fällen ist es klüger, nicht zu widersprechen. Zuviel getrunken hatten wir mittlerweile alle. Immerhin geruhte er jetzt, uns zu erklären, daß er vorhin, als er das Feuer anzündete, die Fortsetzung eines Romans gelesen habe. Die Nummer vom 24. Dezember. Natürlich habe er sich zunächst einmal gefragt, wie diese Zeitung hierhergekommen sei, schließlich habe das Haus den ganzen Winter über leer gestanden.

Ich starrte ihn entgeistert an, mir wurde abwechselnd heiß und kalt. Um Zeit zu gewinnen, stand ich erst einmal auf und holte den Nachtisch aus dem Kühlschrank. Das hatte gerade noch gefehlt. Dieser Trottel! Hätte denn nicht wenigstens Birgit aufpassen können? Ich hatte den beiden doch ausdrücklich geschrieben: »Keinerlei Spuren, das bitte ich mir aus, sonst könnt Ihr tun, was Ihr wollt.« Und dann lassen sie alte Zeitungen herumliegen, noch dazu mit so verräterischen Daten wie dem 24. Dezember!

Ich blieb eine Weile in der Küche, um in Ruhe zu überlegen, ob es besser sei, jetzt gleich ein volles Geständnis abzulegen, zumal Albrecht sich vor den beiden anderen zusammennehmen mußte. Andererseits hatte er getrunken und war völlig unberechenbar in seinen Reaktionen. Seit ich einmal erlebt habe, daß er, als man ihn reizte, eine Eichentäfelung mit dem Ellenbogen zertrümmert hat, bin ich bange davor. Ich beschloß, es zunächst mit einer winzig kleinen Notlüge zu versuchen.

Ich trug die Schüssel mit den Rumfrüchten herein und behauptete, noch bevor ich die Tür hinter mir geschlossen hatte, diese Nummer stamme sicherlich nicht aus dem letzten Jahr, sondern aus dem vorletzten, »und da sind wir doch über Weihnachten hier gewesen, erinnerst du dich nicht, Albrecht? Mir kam diese Geschichte gleich so bekannt vor, die haben wir bestimmt schon mal gelesen.«

Er hörte mir überhaupt nicht zu, fragte nur uninteressiert: »Wovon redest du eigentlich? Darum geht es doch gar nicht. Es geht um ein Problem. Um ein allgemein menschliches Problem.« Und setzte dann Friedrich Georg auseinander, daß es zu den vornehmsten – wieso eigentlich vornehmsten? – Pflichten eines Autors gehöre, darauf zu achten, daß eine Frau nicht halb angezogen –

Und jetzt fing unser Dichter auch noch an, von der Wäsche dieser Person zu reden! »Oder ausgezogen – es wäre wichtig, das festzustellen! Gerade solche Details sind es, immer ist es das Detail. Gerade bei solchen Frauen.«

»Meinst du, daß es sich um eine solche gehandelt hat?«

»Keineswegs! Unterbrich mich doch nicht immer! Ein Dichter hat einfach darauf zu achten, daß eine Frau nicht an beiden Weihnachtstagen so auf dem Bettrand sitzt, jawohl, was ich dir sage, das kann und darf man einfach den Lesern nicht zumuten!«

»Nun will ich dir mal was sagen, lieber Albrecht! Das ist gar nicht der Dichter, das ist der Redakteur! Der muß aufpassen, daß so etwas nicht passiert. In der nächsten Nummer zieht sie sich bestimmt an, kämmt sich und geht in die Hotelhalle und nimmt an der Bar einen Drink mit diesem Klaus.«

»Mein lieber Friedrich Georg – kannst du das beweisen? Ich frage dich, kannst du das beweisen? Gibt es dafür irgendeinen Anhaltspunkt? Du – du bist nämlich auch so einer! Du bist imstande, jawohl, du bist imstande und läßt eine Frau in einem derartigen Zustand auf dem Bett sitzen, so etwas bringst du fertig, läßt sie sitzen während der ganzen Feiertage –«

»Nichts tue ich! Hast du jemals irgendwo bei mir die Vokabel Weihnachten gelesen? – falls du je etwas von mir gelesen haben solltest –«

»Habe ich nicht. Da staunst du, was?«

Friedrich Georg sagte mit Haltung: »Ich hatte es

nicht erwartet. Ich kann dir jedoch versichern, Weihnachten – das spare ich immer aus. Viel zuviel Sentiment. Verbraucht, alles längst –« Er suchte nach einem passenden Wort. Ich half ihm aus und sagte: »Welk.« Er wiederholte es: »Welk – ach was, nicht welk, erfroren, erstarrt in Konventionen –«

Lotte, die schon wieder am Kamin hockte und im Feuer herumstocherte, mischte sich ein: »War es denn überhaupt Weihnachten? Wie kann man das bei einer Zeitung einrichten, daß es draußen und drinnen Weihnachten ist, in der Geschichte und in dem Zimmer, in dem man die Geschichte liest?«

»Sehr richtig, Lotte! Sehr klug beobachtet.« Friedrich Georg schien ganz begeistert, er sprang auf. »Frauen haben einen so realistischen Blick, sie sind so nahe an der Wirklichkeit. Wo ist die Zeitung? Besinn dich, lieber Albrecht!«

Dieses ewige ›lieber Albrecht‹, ›lieber Friedrich Georg‹ ging mir allmählich auf die Nerven, man konnte sich doch auch anreden ohne dieses lächerliche Adjektiv. Albrecht stand jetzt ebenfalls auf. Ich blieb als einzige am Tisch sitzen, goß mir mein Glas noch einmal voll. Schicksal, nimm deinen Lauf! Dann mußte eben die Wahrheit gesagt werden. Vorhin hätte ich es freiwillig getan, jetzt gedachte ich abzuwarten.

Albrecht kommandierte: »Allgemeine Suchaktion!«

Wir nahmen unsere Gläser. Albrecht steckte ein

Windlicht an; wir marschierten im Gänsemarsch hinter ihm her in den Schuppen, wo Holz und alte Zeitungen aufgehoben werden. Lotte sagte: »Vielleicht finden wir auch noch die nächsten Nummern, dann wissen wir gleich, wie es weitergeht.«

Auch das noch! Jetzt fing sie auch noch an, sich für diese albernen Zeitungen zu interessieren, nur weil sie Albrecht am Munde hing und auf alles einging, was er erwähnte. Mehr als ein geheucheltes Interesse war es bei ihr bestimmt nicht. Nur die beiden Männer schienen fasziniert von dieser albernen Edith zu sein.

Friedrich Georg gedachte keineswegs, selbst mit Hand anzulegen. Er nahm auf dem Hauklotz Platz und erklärte Lotte, daß es uninteressant, ja unwichtig sei zu wissen, wie diese Geschichte weitergehe und ende. »Wenn man die Ausgangssituation hat« – und die hatten wir in der Tat! –, »dann ist es ein leichtes, den Fortgang zu finden. Das nämlich ist die Folgerichtigkeit, um nicht zu sagen die Zwangsläufigkeit der Geschehnisse. Da ist nichts Zufall und nichts Willkür. Es gibt in unserem Fall überhaupt nur eine einzige Möglichkeit –«

Welche, haben wir nie erfahren. Ich war keineswegs daran interessiert, daß wir die Zeitung fanden, der Dichter hatte sowieso wieder einmal den kontemplativen Teil übernommen. Lotte schien sich die Finger auch nicht schmutzig machen zu wollen. Der einzige, der suchte, war Albrecht, und der findet sonst auch nichts.

Es war kalt in dem Schuppen. Die Zeitungen hatten die Feuchtigkeit der Luft aufgesogen, waren klamm und rochen muffig. Ich riskierte noch ein Ablenkungsmanöver und fragte meinen Mann mit aller verfügbaren Festigkeit in der Stimme: »Wieso kann die Zeitung eigentlich hier sein? Ich bin überzeugt, du hast sie in den Kamin getan und verbrannt, dazu hattest du sie ja schließlich geholt. Das ist doch ganz logisch.«

Lotte fiel mir schon wieder in den Rücken, sie war an Friedrich Georgs Darlegungen wohl nicht interessiert; weder das Virtuelle noch das Spirituelle vermochten sie zu fesseln, sie war ganz Gegenwart, und ihre Gegenwart war mein Mann. Sie spornte Albrecht an und sagte, wenn wir nicht diese eine Nummer fänden, dann doch vielleicht die vorherige oder die folgende, und wenn wir wüßten, was vorher passiert und wie diese Edith überhaupt auf den Bettrand gekommen sei –

Ich sagte ärgerlich: »Lotte! Schließlich ist das bei Zeitungen ja nicht wie bei Pilzen: Wo einer steht, müssen auch noch mehr sein!«

»Der Vergleich zwischen Zeitungen und Pilzen ist uralt.« Albrecht beendete die Aktion und wischte sich die Hände an Simonettis Gartenschürze ab. Wir gaben es auf. So war der Sache nicht beizukommen. Ich dachte, damit sei der Fall nun erledigt. Es war spät. Wir konnten noch in aller Ruhe ein Glas Wein trinken und dann schlafen gehen. Dabei fing es jetzt erst an! Ich war immer noch bei den Zeitungen, deshalb begriff ich alles andere auch so langsam.

Das Kaminfeuer war heruntergebrannt. Albrecht legte nach. Uns war kalt geworden, wir setzten uns dicht nebeneinander auf die Stufen vor dem Kamin und schwiegen.

Nach geraumer Zeit fragte Friedrich Georg nachdenklich, mit der Hartnäckigkeit eines Mannes, der zuviel getrunken hat: »Von wem, sagtest du, war der Brief, den diese Frau las?«

»Von ihrem Mann natürlich!«

»Natürlich scheint mir das keineswegs zu sein.«

Albrecht bestand auf natürlich. Frauen, die in einem derartig verwahrlosten Zustand in einem Hotelzimmer am späten Vormittag zu Weihnachten auf dem Bettrand sitzen, sind verheiratet.

»Eben!« Diese erstaunliche Zustimmung kam von dem Dichter. Die beiden waren auf dem besten Wege, sich in männlicher Solidarität zu einigen. Sie verbündeten sich gegen uns, gegen unser ganzes Geschlecht. Ihre Einigkeit war aber nur als Gegenmaßnahme zu werten. Offensichtlich bezogen beide jetzt die Positionen von Kapazitäten. Albrecht war für das Leben schlechthin, die Wahrheit also, zuständig und Friedrich Georg für die Dichtung schlechthin.

Nachdem die Gefahr mit den verräterischen Zeitungen beseitigt war, interessierte mich die Sache nicht mehr sonderlich. Ich fing an, schläfrig zu werden. Lotte ging es wohl ebenso, denn sie war vor einer Weile in die Küche gegangen, um uns einen Mokka zu machen oder vielmehr einen Kaffee Melange – sie stammt ja aus Wien.

Ich mußte wohl tatsächlich ein bißchen eingeschlafen sein, denn auf einmal packte mich Albrecht bei der Schulter, rüttelte mich und sagte: »Komm, schlaf gefälligst nicht, dafür ist die Angelegenheit zu wichtig! Es geht hier um das Glück, um das Lebensglück von mindestens drei Personen.«

Ich stand bereitwillig auf. Meinetwegen. Lotte kam gerade mit dem Tablett in die Stube. Die Männer achteten gar nicht auf sie. Friedrich Georg sagte nur: »Mitkommen, los! Alles nach oben, alles in das Schlafzimmer!«

Lotte nahm das Tablett mit, was gar keine schlechte Idee war, ich holte mir gleich eine Tasse und trank auf der Treppe einen Schluck. Kaffee kochen kann sie.

Friedrich Georg hatte die Regie an sich gerissen. Offensichtlich sollte Theater gespielt werden. Friedrich Georg hatte schon immer eine Vorliebe fürs Dramatische. Ich bin kein Spielverderber, aber an jenem Abend hatte ich sehr wenig Lust auf Laienspiele. Meine Einwände blieben unbeachtet. Friedrich Georg fragte: »Welches Zimmer?«, entschied aber gleich selbst: »Deines« und öffnete die Tür zu Albrechts Zimmer. »Großartig!« Tief befriedigt sah er sich um und schritt sogleich zur Tat. Er drehte den Schirm der Nachttischlampe nach oben, so daß ein fahles, kaltes Licht von der Decke zurückstrahlte, in dem wir alle blaß und übernächtigt aussahen, und dann erklärte er: »Später Vormittag.«

Er öffnete das Fenster: »Regen.«

Wenigstens das stimmte. Er schlug die Bettdecke zurück, zerrte an dem Bettuch und zerknautschte es, warf Albrechts Schlafanzug hinter das Bett und sagte kurz und bündig zu Albrecht: »Du bist Klaus. Du wartest unten in der Halle!«

»Ich? Du bist wohl verrückt!«

Darauf sagte Friedrich Georg lediglich: »Sehe ich vielleicht aus, als ob ich Klaus hieße?« Und mit einem Seitenblick zu mir: »Zieh dich aus!«

Ich starrte ihn an.

»Hast du nicht verstanden?« fragte mein Mann. »Ausziehen sollst du dich. Du bist Edith, das ist doch wohl nicht schwer zu begreifen!«

»Wieso denn ich?«

»Weil du verheiratet bist!« Der Fall schien völlig klar zu sein, darum erkundigte ich mich auch nur noch: »Wie weit?«

Prüfender Blick von Friedrich Georg. »Unterrock, das genügt.« Albrecht schränkte das ein in: »Zunächst mal wenigstens. Man muß abwarten, was die Situation ergibt.«

Ich gehorchte. Die Situation schien keinen Widerspruch zu dulden. Ich zupfte an meinem weißen Batistrock, versuchte, ihn wenigstens ein Stückchen übers Knie zu ziehen, und saß mit hängendem Kopf auf der Bettkante. Lotte stand noch immer mit dem

Tablett herum; ich hatte meine Tasse auf den Nachttisch gesetzt.

Friedrich Georg schien nicht übermäßig zufrieden, man merkte es ihm an. Er sah sich nach weiteren Requisiten um und fragte schließlich Albrecht: »Wo ist der Brief, lieber Albrecht, hast du so etwas in der Tasche?«

Albrecht griff nach seiner Brieftasche, zog ein Schriftstück heraus. Es war ja völlig gleich, um was es sich handelte, es ging lediglich um den optischen Eindruck.

Er reichte mir den Brief, ich faltete den Bogen auf.

Von Lotte kam irgendein Geräusch, sie hatte das Tablett wohl schnell noch abgesetzt.

Albrecht schob mir die Wäscheträger über die Schultern, und Friedrich Georg kam und schob sie wieder zurück, als ob ich eine Schaufensterpuppe wäre. »Wo sind die aufgelösten Haare?« Er fuhr mir mit der Hand ins Haar, worauf Albrecht mit einem »Laß das!« nach seinem Arm faßte und dann sagte: »Du paßt einfach nicht in diese Rolle, Huschi, dazu braucht man dunkles, zerzaustes Haar. Frauen sollten überhaupt das Haar lang tragen.«

Ich saß derweil und starrte auf den Brief. Viel gelesen habe ich nicht. Die Szene begann ziemlich echt zu werden. Ich weinte. Albrecht sagte: »Wein nicht! Du paßt sowieso nicht für die Rolle, also brauchst du auch nicht zu weinen.« Er sah sich nach Lotte um und kommandierte: »Lotte, jetzt Sie!«

Ich erhob mich schwerfällig vom Bettrand, hob mein Kleid vom Boden auf, händigte Lotte den Brief aus und verließ, ohne sie anzusehen, das Zimmer.

Wie diese Vorstellung weitergegangen ist, weiß ich nicht, aber sehr glücklich wohl nicht. Lotte wird sehr reizend ausgesehen haben. Sie ist genau der Typ, der in Perlon und Spitze am besten zur Wirkung kommt. Ich habe sie im Verdacht, daß sie blaßrote Wäsche trägt. Zerzaustes Haar steht ihr bestimmt gut, und für die notwendigen Tränen hatte Albrecht hinreichend gesorgt.

Wann er die Sache mit dem Brief gemerkt hat, weiß ich nicht, wahrscheinlich aber als letzter. Nach etwa einer halben Stunde war es totenstill im Haus. Vorher hatte ich gehört, wie Friedrich Georg nebenan ausgiebig mit Odol gurgelte, dann klopfte es leise an meine Tür. Albrecht rief ein paarmal: »Huschi! Huschi! mach auf!« – Ich hatte abgeschlossen. Ich wollte nachdenken, was nun zu tun war. Ob ich abreisen sollte? Ob ich die beiden zur Rede stellen sollte? Ob ich mit Lotte reden mußte? Vielleicht wußte sie nichts von meiner Vorgängerschaft. Wie ich Albrecht kenne, hat er ihr nichts gesagt. Vielleicht ernüchterte sie das. – Ich dachte an Scheidung, ich dachte an Rainer, und als ich an meinen Jungen dachte, mußte ich wieder ein bißchen weinen, weil er doch nun ein vaterloses, armes kleines Kerlchen werden würde. Ich wünschte, ich hätte ihn bei mir gehabt. Nie fühle ich mich so stark, wie wenn ich den kleinen Burschen fest an mich drücke.

Und dann muß ich eingeschlafen sein, ohne irgend etwas zu Ende gedacht zu haben. Ich weiß wirklich nicht, wie verzweifelt ich sein muß, um nicht einzuschlafen.

Die Leute, die behaupten, morgens sei alles besser, sind Dummköpfe. Sie haben keine Ahnung! Morgens ist alles schlimmer.

Bei mir werden die Sorgen immer früher wach als ich. Sie sind da, bevor ich noch die Augen aufgemacht habe. Ich horchte. Es war völlige Stille im Haus. Wenn ich nicht den Anfang machte, würde sich ja wohl keiner hervorwagen. Feiglinge waren sie alle! Es ging schon auf elf Uhr. Ich habe keine Ahnung, wie spät es gewesen ist, als ich ins Bett ging, aber vier Uhr war es bestimmt. Ich zog die Vorhänge zurück.

Es regnete. Unverändert. Nur sah natürlich alles an diesem Morgen noch trüber und nasser aus, jeder Stein hatte sich vollgesogen mit Dunkelheit und Regen. Vom See sah man gar nichts mehr, und die letzten Kamelienblüten, die noch an dem Strauch vorm Haus hingen, hatten jetzt braune Ränder. Die Knospen an den Weinstöcken waren allerdings auch in dieser Nacht ein bißchen dicker geworden und ganz nahe daran aufzubrechen.

Ich ging nicht zum Duschen. Das ist ein bedenkliches Zeichen. Die Hygiene leidet nur sehr selten unter meinem Kummer. Ich zog die Cordhosen und den alten grünen Pullover an, fuhr mir mit dem Kamm durchs Haar, fand, daß ich aussah wie eine struppige Krähe im März, und überlegte, ob ich mir die Haare wachsen lassen sollte. Dann fiel mir ein, daß das auch keinen Zweck mehr hätte: Bis die Haare lang waren, waren wir längst geschieden, und dann weinte ich wieder ein bißchen, gurgelte und schluckte eine Kopfschmerztablette und ging nach unten.

Im Wohnzimmer waren die Fensterläden noch geschlossen, es roch wie in einer Kneipe. Kalter Zigarettenrauch und schaler Wein. Die letzten Stücke meiner schönen Pizza krümmten sich auf den Tellern. Das war mir noch nie passiert, immer hatte ich vor dem Schlafengehen wenigstens die Reste der Mahlzeit in die Küche getragen, die Aschenbecher geleert und die Gläser ins Spülbecken gesetzt. Ich fing an aufzuräumen und tat es geräuschvoll, sie konnten es ruhig alle hören. Friedrich Georg hatte es sowieso gern, wenn ich im Haus rumorte. Irgendeiner würde ja nun wohl zum Vorschein kommen, und dann wollten wir mal sehen, wie es weiterging. Vielleicht fand Lotte die Fortsetzung. Die Nummer vom nächsten Tag. Darauf war sie doch gespannt gewesen.

Als ich mit dem Tablett in die Küche kam, entdeckte ich auf dem Tisch einen Zettel: »Pardon, meine Liebe, für den Teil, den ich verschuldet habe! Ich muß einige Wege erledigen, bin vermutlich mittags zurück. F. G.«

Natürlich! Männer haben immer irgendwelche Wege dringend zu erledigen, wenn ihnen eine Situation unbehaglich wird.

Albrecht hat mal gesagt: Wenn man schon auslöffeln muß, was man sich eingebrockt hat, dann soll man wenigstens den Brei abkühlen lassen. – Feine Lebensgrundsätze sind das! Vielleicht ist auch das eines seiner mecklenburgischen Sprichwörter.

Ich weiß nicht, ob ich mir vorgestellt hatte, Friedrich Georg würde mich bei der Hand nehmen und sagen: Komm, hier wirst du schlecht behandelt, ich kann das nicht mit ansehen! Er kennt ja deine wahren Werte überhaupt nicht! – Nach dem Grad meiner Enttäuschung und Erbitterung über seine Flucht muß ich das annehmen.

Jetzt war ich nur noch neugierig, was sich Albrecht ausdenken würde. Er war imstande zu behaupten, daß dieser Brief nicht von Lotte stamme, sondern von der Frau eines seiner Klienten; die Anrede ›Brummbär‹ sei doch bestimmt nicht passend für ihn, und die Tatsache, daß er diesen Brief in der Tasche bei sich getragen habe, beweise allein wirklich noch nichts, ich sei doch juristisch geschult – tatsächlich, er war imstande, sich bei einem solchen Anlaß auch daran zu erinnern und mich auf meine Pflicht der sachlichen Beobachtung hinzuweisen.

Derweil kochte ich Eier, brühte Tee auf, goß ihn sogar von den Blättern ab. Niemand sollte mir nachsagen, daß ich nicht zu Großzügigkeit fähig sei. Und als noch immer alles still blieb im Haus, deckte ich im

Wohnzimmer den Tisch für zwei Personen, setzte den Eiern Mützchen auf, stellte sogar Blumen auf den Tisch und formulierte an den Sätzen, die ich auf einem Zettel hinterlassen wollte. Leider fiel mir nichts annähernd Passendes oder Wirkungsvolles ein. Die Sache mit den herumliegenden Briefen schien mir nach den Ereignissen der vergangenen Nacht auch nicht mehr sehr originell. Ich trank rasch im Stehen eine Tasse Tee, nahm Friedrich Georgs Zettel, knüllte ihn zusammen und warf ihn in den Mülleimer, holte mir den Regenmantel und verließ das Haus. Auch das war kein übermäßig origineller Einfall, wahrscheinlich nicht einmal ein kluger, bestimmt aber ein ungesunder, denn es regnete in Strömen. Meine einzige Genugtuung war, daß ich Lotte und meinem Mann den Spaß an diesem *déjeuner à deux* gründlich verdorben hatte.

Ich stieg die Treppen hinauf; man ist dann sehr rasch in Orselina. Die Anstrengung tat mir gut. Ich dachte dort weiter, wo ich am Abend aufgehört hatte zu denken und eingeschlafen war.

Was mir blieb, das war dieses Haus, und das war schließlich gar nicht so wenig. Wenn sich bloß nicht zu viele trübe Erinnerungen dort einnisten würden! Da war schon die Geschichte mit Simonetti, über die wir gelacht haben, weil für uns komisch war, was für ihn so tragisch geendet hat. Wir hatten nicht nur alte Regenmäntel, Einsiedlerspiele und die Säcke mit Gewürznelken, trockener Petersilie und Lavendel übernommen, die noch auf dem Boden herumstanden. Es nutzt auch nichts, wenn man einem Haus einen neuen rosafarbenen Anstrich und einen neuen Namen gibt. Ich konnte mir durchaus vorstellen, daß es eines Abends an die Tür klopfte und Simonetti draußen stand und seine Erinnerungen wiederhaben und in seinem Haus leben wollte; der Mensch ist nun mal am anhänglichsten an sein Unglück. Wir hätten ihn nicht mit in unser Leben einbeziehen dürfen, es verging kein Tag, an dem nicht sein Name genannt wurde, an dem nicht einer fragte: Ist das auch von Simonetti? Wir haben über den Unbekannten gelacht und gespottet, aber mir war oft unbehaglich dabei.

Als erstes wollte ich Rainer zu mir holen. Wenn er seinen Jungen hergeben mußte – das würde Albrecht nicht einerlei sein. An ihm hing er sehr, falls ich mich nicht auch da wieder täuschte. In keinem Falle wollte ich Geld von ihm annehmen, auch nicht für unser Kind. Ich gedachte, mich allein durchzuschlagen. Ich konnte gut zwei oder notfalls auch drei Zimmer vermieten. An den Villen rechts und links von meinem Weg hingen weiße Pappschilder mit *»Camere«*. In einem Jahr würde Rainer sicher so viel Italienisch lernen können, daß er in Orselina zur Schule gehen konnte. Kinder lernen ja so viel schneller. Ich würde ihm ein schwarzes Schulkittelchen kaufen und ihm einen runden weißen Kragen draufnähen. Bei der Vorstellung, wie das Bürschchen in dem schwarzen Kittel morgens die lange Treppe zur Schule hinaufsteigen mußte, kamen mir die Tränen.

Den Gedanken, das alles jetzt gleich mit Tante Be zu besprechen, ließ ich wieder fallen. Sie hatte ja immer nur auf diesen Moment gewartet. Meinen Eltern wollte ich auch nicht mit meinen Sorgen kommen. Sie hatten zwar mittlerweile Albrecht akzeptiert, aber leider hatte ich ihr reichlich häufiges ›Du bist schließlich alt genug, du mußt wissen, was du tust‹ nicht vergessen oder doch nur so lange, wie alles mit meinem Mann und mir gutgegangen war. Ich wollte mir jedes mitleidige und jedes befriedigte ›Na bitte! So mußte es ja kommen!‹ ersparen, und das tat ich am besten hier im Tessin, weit weg von zu Hause. Anderen war es auch gelungen, und alle behaupteten sie, sie lebten gern hier im Tessin. Von Tante Be hatte auch kein Mensch erfahren, warum sie damals hierhergezogen war. Irgendwas hatte es sicher auch bei ihr gegeben. Etwas, was nicht einmal ich wußte.

Der Regen lief mir übers Gesicht. Der Mantel war nicht imprägniert, allmählich sickerte der Regen an den Schultern durch, in den Schuhen standen schon Pfützen. Auch gut. Ich würde mich erkälten, ich würde krank werden, keiner würde sich um mich kümmern. Jeder war hier ja mit sich selbst beschäftigt.

Am Prato Pernice blühten kurzstielige gelbe Primeln zwischen dem Brombeergesträuch. Der Wasserfall, der sonst so übermütig von einer Felsstufe zur anderen springt und nur wenig Wasser hat, fiel heute schwer und mit dumpfem Getöse in die runden

Steinbecken. Die Äste der Kastanien glänzten schwarz und blank vor dem nassen Laub des Waldbodens. Kein Vogel war zu hören, kein Mensch war zu sehen. Ich war ganz allein unterwegs. Ich stieg immer weiter nach oben. Ich kam an eine Wiese, übersät von weißen kleinen Krokussen, deren Kelche sich im Regen geschlossen hatten. Die Wolken über dem Monte Bré waren aufgerissen, ich konnte sehen, daß dort noch Schnee lag. Die Funicolare, die zur Cardada fährt, war nicht in Betrieb, die Gondeln hingen schwarz und starr an den nassen Drahtseilen. Nur einmal bin ich mit Albrecht oben gewesen. Er fährt nicht gern mit einer Drahtseilbahn. Ich tue es gern, ich schaukle ja auch gern –. Wie nur, wie um alles in der Welt sollte ich mir wieder angewöhnen, die Dinge zu lieben, aus denen er sich nichts macht?

Irgendwann bin ich dann wieder auf die Fahrstraße gekommen und umgekehrt. An einer der vielen Serpentinen begegnete mir ein alter Herr unter einem großen schwarzen Regenschirm. Als ich an ihm vorbeiging, blieb er stehen, zog den Hut, machte eine kleine Verbeugung. Er entschuldigte sich für dieses Wetter. Er sagte mit so viel Grandezza: *»Aprile – Signorina! Ogni goccia val mille lire!«* Und ich lächelte, so gut es eben ging, und versuchte ihm klarzumachen, daß ich nichts dagegen hätte, wenn es noch für viele Lire weiterregnen würde. Er bückte sich, um mir zwei Veilchen zu pflücken, die aus einer Mauerritze wuchsen, und überreichte sie mir. Eine neue kleine Verbeugung. Neue Tränen.

An der letzten Serpentine, vor der Treppe, die zu meinem Haus führt, kam mir Albrecht mit dem Auto entgegen. Ich erkannte den Wagen erst, als Albrecht scharf bremste. Er stieg aus und kam über die Straße. Es war an dem hohen Viadukt, ich hatte dort gestanden und in die Tiefe gestarrt.

Ich weiß auch nicht, was über mich gekommen ist, aber plötzlich dachte ich: Er hat auf mich gewartet und will mich hinunterstürzen. Dann ist er mich los.

Ich rannte los, ich lief um mein Leben, blindlings die Straße hinunter, und er schrie hinter mir her und verfolgte mich, und ich bekam immer mehr Angst, ich verlor einen Schuh und lief weiter, bis ich dann hörte, wie er »Huschi« rief, »Huschi« – und das brachte mich zur Besinngung. Ich blieb stehen, lehnte mich an die Mauer und wartete auf ihn. Mein Herz hämmerte, fast wäre ich umgesunken vor Erschöpfung.

Wie immer, wenn er sich sehr aufregt, war er wütend. Auch er war völlig außer Atem. Trotz der Tränen sah ich, wie abgespannt er aussah. Er redete auf mich ein, seine Arme hatte er rechts und links von mir an die Mauer gestemmt. Ob ich denn wahnsinnig sei. Was denn in mich gefahren sei. Ob ich zu dumm sei, um mir vorstellen zu können, wie er sich aufgeregt habe, als ich plötzlich fortgewesen sei. Ich hätte doch wohl eine Nachricht hinterlassen können, schließlich sei ich doch wohl noch der Sprache und notfalls auch des Schreibens fähig. Dann packte er mich beim Arm, zog mich mit. »Los, nach Hause, wie siehst du überhaupt aus, so läuft man nicht herum, man muß sich ja schämen, kannst du nicht wenigstens einen Schirm mitnehmen, und was hast du überhaupt da?« Er machte meine Hand auf, die ich zur Faust geballt hatte, und entdeckte die beiden Veilchen. Er fing wieder an zu schimpfen, sagte etwas von romantischem Getue, mit Veilchen in der Hand vom Viadukt zu springen – und da begriff ich überhaupt erst, daß er gedacht hatte, ich wollte da hinunterspringen, ich, seine Frau. So was traute er mir zu! Und ich hatte gedacht, er wollte mich hinunterstürzen, und das traute ich ihm zu – fast hätte ich lachen müssen. Ich hinkte zu meinem Schuh.

Wir waren schon an der Treppe, als mir das Auto einfiel. »Du mußt das Auto wegfahren«, sagte ich, »in der Kurve kann es nicht stehenbleiben.«

»Laß doch das blöde Auto –«

Aber dann ging er doch, wendete ein Stück weiter oben, und ich ging zum Haus. Friedrich Georg sah mich schon vom Küchenfenster aus. Er hatte eine meiner Schürzen umgebunden und wusch das Geschirr ab.

Im Wohnzimmer saß Lotte. Wie immer auf den Stufen vorm Kamin. Sie sah gar nicht auf, als ich ins Zimmer kam, schluchzte nur und versteckte ihr Gesicht in ihrem Rock. Was später von ihr sichtbar wurde, war rot und verschwollen und jämmerlich anzusehen. Sie ist jünger als ich, aber Tränen stehen ihr schlechter als mir.

Friedrich Georg schien ebenfalls die Absicht zu haben, mir Vorwürfe zu machen. Ich wehrte ab. »Sei doch still!« Ich hatte weder vor, mich bei den Männern für mein Verhalten zu entschuldigen noch Lotte zu trösten. Ich war dran. Ich hatte Kummer, und sie sollten nur nicht versuchen, ihn auf sich abzulenken.

Ich band Friedrich Georg die Schürze ab, erkundigte mich, ob irgendeiner etwas gegessen habe, hörte mir ihr entrüstetes »Essen?« an und versuchte, verächtlich zu lächeln. Als ob ich ein ungeheuerliches Ansinnen an sie gestellt hätte! Ich war nämlich hungrig. Ich finde keineswegs, daß Kummer Hunger ausschließt, ganz im Gegenteil. Wahrscheinlich bin ich weniger fein konstruiert.

Ich kochte Spaghetti, das geht schnell. Ich machte eine Soße Bolognese dazu. Friedrich Georg holte einen Krug mit frischem Wasser. Nach knapp zwanzig Minuten saßen wir am Tisch.

Spaghetti lassen sich von einem Nichtitaliener nur in allerbester Stimmung essen. Wir wickelten mit verzweifelter Entschlossenheit die langen Dinger um die Gabeln, stopften uns die dicken Pakete in den Mund und schlürften die restlichen Spaghetti hinterher. Es muß ein scheußlicher Anblick gewesen sein. Vier erwachsene Menschen, die sich mutlos mit ernsten Gesichtern Spaghetti um das Kinn schlagen.

Friedrich Georg legte schließlich die Gabel auf den Teller und sagte: »Wir brauchen uns um Susanne keine Sorgen zu machen. Frauen, die noch zu der Gemeinheit fähig sind, einem normalen Menschen etwas Derartiges vorzusetzen . . .«

Natürlich mußte ich lachen. Das Lachen sitzt bei mir wohl genauso lose wie die Tränen. Ich stand auf und holte uns Messer; wir wollten gerade anfangen, die Dinger kurz und klein zu schneiden, als Albrecht von der allgemeinen Erleichterung erfaßt wurde, hörbar aufatmete und mit wahrer Virtuosität Löffel und Gabel erneut ergriff und die Spaghetti wie ein geborener Neapolitaner um die Gabel wickelte und mit Anmut zum Munde führte. Er erteilte uns eine Nachhilfestunde im Spaghetti-Essen. Wir waren willige, wenn auch nicht eben talentierte Schüler. Bevor wir es wirklich konnten, waren die Schüsseln leer, und Friedrich Georg war keineswegs mit seinen Erläuterungen über die Auswirkung menschlicher Stimmungen auf Gegenstände zu Ende gekommen. Er gedachte sogar noch mehr zur Entspannung der Lage beizutragen. Er machte den Vorschlag, daß wir am Nachmittag nach Lugano fahren sollten. Die Fahrt über den Monte Ceneri sei berühmt wegen ihrer landschaftlichen Schönheit, er kenne sie nicht, Lotte kenne sie auch nicht, und wenn man auch nicht viel sehen würde, so bliebe doch die Möglichkeit, daß es jenseits der Bergkette, die die beiden Seen trennt, heller sei. Und wenn es dort ebenfalls regnete, wollte er uns in ein Museum führen. Museen seien sehr gut für so etwas. ›So etwas‹ schien eine Krise zu sein. Er unterdrückte den Exkurs über die wohltätige Auswirkung der Kunst auf Krisen und versprach uns sogar eine Einladung zum Abendessen. Offensichtlich war er entschlossen, uns zusammenzuhalten. Von keinerlei Teilung schien er sich irgend etwas zu versprechen, und daß jeder allein loszog und seinen Gedanken nachhing, das war bei diesem trüben Regen und den vielen Felsvorsprüngen und Schluchten und Brücken nicht ratsam. Er hatte an diesem Tag etwas von einem Hütehund. Und wir anderen hatten das Bedürfnis, gehorsam zu sein.

Wir zogen uns um. Kaum war ich in meinem Zimmer, als ein Zettel unter der Tür zum Vorschein kam. Friedrich Georg hatte an jenem Tag eine Vorliebe für Zettel. Es war unverkennbar seine Schrift, mit der in Druckbuchstaben darauf stand: *Attenti alla pronuncia!* Das erinnerte natürlich an die Schilder, die in fast allen Nachbarvillen an der Gartentür hingen: *Attenti al cane!*

Jeder hat so einen Zettel bekommen. Natürlich wußte ich nicht, was eine *pronuncia* ist, ich mußte zu Albrecht gehen und ihn um das Lexikon bitten. »Sieh ruhig nach«, sagte er, »aber dein Dichter kann nicht mal ein Wörterbuch lesen. *Pronuncia* bezieht sich auf Prononcieren, auf die reine Phonetik, und hat mit einer Aussprache oder Auseinandersetzung nichts zu tun.« Ich mußte Friedrich Georg verteidigen, ich kann einfach nicht ausstehen, mit welcher

Betonung Albrecht ›dein Dichter‹ sagt. »Vielleicht ist es nicht richtig, dafür ist es aber gut. Es kommt nicht auf die Form an, sondern auf den Gehalt.« – Wir waren auf dem besten Wege, uns zu streiten, da fiel mir der Zettel ein. Ich hielt ihn meinem Mann vor die Nase, und – wir lachten: *Attenti alla pronuncia!*

Immer, wenn im Laufe des Nachmittags ein verfängliches Wort fiel, und das passierte sehr oft, sagte einer: »Hier wird nicht prononciert!« Oder: »*Attenti alla pronuncia.*« Später machte ich der Einfachheit halber nur noch: »Wauwau!« Vorsicht vor dem Hund – *Attenti al cane.*

Als wir zurückkamen, war es kalt im Haus. Wir waren müde. In der vergangenen Nacht hatten wir nicht viel Schlaf bekommen, darum trennten wir uns gleich und gingen in unsere Zimmer.

Was auch zwischen Albrecht und Lotte sein mochte, sie benahmen sich korrekt. Lotte sah blaß aus, und in ihrem Gesicht lag etwas, das mich um Verständnis und um Verzeihung zu bitten schien. Verständnis – wenn ich es nicht hatte, wer denn sonst? An dem Verständnis, daran lag es ja gerade. Schließlich kannte ich ihre Situation zur Genüge. Ich liebe meinen Mann, ich konnte mir nur zu gut vorstellen, daß sie es auch tat.

Ich schloß trotz des *Attenti alla pronuncia* meine Tür nicht ab. Und Albrecht klopfte nach einer Weile wirklich. Aber er klopfte nur, und als ich leise »Wauwau« machte, hat er das wohl als Drohung oder Ablehnung aufgefaßt und ist gegangen. Ich wollte klug sein – ich wollte ihn in Ruhe lassen.

Ich habe nämlich Angst vor Aussprachen, die im Bett stattfinden.

Am nächsten Morgen wurden wir durch heftiges Läuten an der Haustür aus dem Schlaf geschreckt.

Albrecht war schon unten, als ich noch nach meinen Pantoffeln suchte. Ich hörte etwas von *»automobile«*, *»carrozzeria«* und *»pericoloso«* – also, wenn jetzt das Auto geklaut war, dann reichte es wirklich. Albrecht versteht da keinen Spaß. Der Wagen ist neu, und er liebt ihn, und ihn liebt er wirklich außer Konkurrenz.

Wir trafen uns alle im Flur. Albrecht war schon im Begriff, in Hemd und Hose durch den Garten zur Treppe zu laufen. Wir rannten hinterher, Lotte auf ihren Zoccoli und in ihrem Rosenmantel, Friedrich Georg schlang sich das Handtuch um den Kopf, weil es in Strömen regnete, und ich hatte den grünen Bademantel von Simonetti an und war barfuß. Ich hörte Albrecht schon von weitem fluchen, auf mecklenburgisch. Ein paar Wörter hat er gesagt, von denen ich bis dahin gar nicht wußte, daß ich sie kannte.

Der Regen hatte die Erde von jenem Bergvorsprung weggespült, in dessen Schutz mein Mann den Wagen immer stellt, weil weit und breit keine Garage ist und auch kein ebenes Stück Erde, wo man eine hinbauen könnte. Die Steine hatten sich gelöst und waren gegen und auf das Auto gestürzt, die Erde war nachgerutscht, und zur Dekoration lag oben auf dem Verdeck, zwischen Steinen und Dreck, ein Busch Mimosen, der reine Hohn.

Die rechte Wagentür war eingedrückt, die beiden rechten Kotflügel waren völlig demoliert.

Was wiegen menschliche Probleme gegen technische! Da spielten weder Lotte noch ich mehr eine Rolle.

Albrecht stieg in den Wagen und stellte als erstes fest, daß die Räder sich nicht mehr einschlagen ließen. Sonst hätte er wenigstens zur Werkstatt fahren können, so aber mußte der Wagen abgeschleppt werden, und auch das würde bei den Serpentinen schwierig genug sein. Die Straße war zur Hälfte mit Steinen und Erde zugeschüttet, es war unmöglich, daß sich zwei Wagen begegnen konnten. Das Auto mußte schleunigst dort weg.

Ich fluchte – im Gegensatz zu Albrecht – auf hochdeutsch. Unser Nachbar Honegger, der aus Zürich stammt und schönstes Schwyzerdütsch spricht, antwortete mit einem sehr langen italienischen Wort, das sicher nicht in Albrechts Lexikon steht, das es aber bestimmt auch auf mecklenburgisch gibt. Und dann machte ich den Vorschlag: Grappa – Grappa pura! Wir kehrten zum Haus zurück. Mitten auf der Treppe entdeckte Albrecht, daß ich barfuß war, und weil er gerade so gut in Schwung war, schimpfte er jetzt mit mir: »Eine Frau in deinem Alter! Jedes dreijährige Kind hat so viel Verstand, daß es bei dieser Temperatur nicht ohne Schuhe in den Regen läuft.« Immerhin: Er nahm mich für das letzte Stück Weg unter den Arm und trug mich ins Haus. Ich strampelte mit den Beinen und lachte und schimpfte und fand es eigentlich ganz hübsch. Lotte humpelte auf ihren Zoccoli hinterher.

Albrecht hatte den Ernst der Situation als erster erfaßt. Ich hatte mich schon wieder getröstet. Zahlt alles die Versicherung, dachte ich, bis er mich aufklärte, daß es sich hier um höhere Gewalt handele. So ein Jurist ist arm dran, er weiß immer gleich, was zu machen ist, und vor allem, was nicht zu machen ist. Unsereins hat immer noch ein paar Illusionen, überlegt, ob man nicht schnell noch, nachträglich, eine Kaskoversicherung abschließen könnte oder so etwas. Ein Jurist kennt die krummen Wege und darf sie nicht gehen.

Wir tranken jeder einen ordentlichen Grappa pura, und ich kochte uns statt Tee lieber Kaffee. Wir standen in der Küche herum und trugen gemeinsam den Schicksalsschlag. Albrecht rechnete bereits. Er kalkulierte vierhundert Mark für die Reparatur, ohne Lackieren natürlich, kalkulierte noch einmal und kam auf neunhundert Schweizer Fränkli. Wir waren im Tessin, da hat das Handwerk einen doppelten goldenen Boden.

Ich sagte: »Wir sparen!« Albrecht sagte: »Quatsch! Neunhundert Schweizer Fränkli kann man sich nicht vom Munde abziehen.«

Lotte schlug vor, sie brauche doch kein Gehalt für

die Zeit hier, es sei doch alles wie Ferien und – überhaupt! Sie hatte schon wieder feuchte Augen und guckte mich an, als habe ich sie verdächtigt, die Erde über Nacht auf das Auto geworfen zu haben.

Dann ergriff Friedrich Georg das Wort: »Der Mensch darf sich nicht von den Dingen abhängig machen. Er ist ein Souverän; das Königliche an ihm ist, daß er menschlich im höchsten Sinne ist und nur dann, wenn er aufrecht geht –« Er kam nicht dazu, das Hohelied des Fußgängers zu Ende zu singen, denn Albrecht unterbrach ihn und sagte mit großer Wärme in der Stimme: »Idiot!«

Ich machte ganz schnell »Wauwau« und sagte: *»Attenti al cane«,* aber an diesem Morgen war das gar nicht mehr komisch, dabei hatten wir am Tag vorher jedesmal darüber gelacht. Ich nahm einen Teller aus dem Schrank und forderte zu einer allgemeinen Kollekte auf. Albrecht nahm ihn mir aus der Hand und knallte ihn auf den Tisch. »Laß das! Das ist keine Gelegenheit für Scherze!«

»Nein, für Fränkli«, sagte ich.

Er besann sich, wurde auf einmal ganz korrekt, machte sogar eine Verbeugung zu unseren Gästen hin, was sehr komisch aussah, weil er strubbelige Haare hatte und in Hemdsärmeln war, und erklärte uns, daß er als der Wageneigner jetzt das Nötige veranlassen werde.

Er ging zum Telefon, suchte im Telefonbuch lange nach einer Nummer, er ist das ja nicht gewohnt, zu Hause läßt er sich die Nummer heraussuchen, er kann nämlich das Alphabet nicht richtig, aber schließlich hörten wir, daß er wählte und dann immer *»Pronto«* rief, *»Pronto! Pronto!«* Vermutlich heißt das »Hallo!«, denn die Werkstatt konnte doch nicht so heißen. Nach mehrmaligen Versuchen gab er es auf. Die Telefonleitung schien ebenfalls gestört zu sein. »Ein elendes Land«, sagte er. »Eine Schlamperei dieser Regen, nicht einmal die Berge sind anständig befestigt«, und dann entschloß er sich, zu Fuß nach Locarno zu gehen, damit der Wagen da wegkäme, sonst bekäme er auch noch die verdammte Polizei auf den Hals.

Ich hatte den Eindruck, als täte es Albrecht gut, seinem angestauten Ärger endlich freien Lauf lassen zu können. Es war schade um das Auto und natürlich auch um das schöne Geld, das die Reparatur kosten würde, aber im Augenblick entspannte es die Situation. Gemeinsames Unglück verbindet nun einmal, und dieses Unglück traf uns alle, denn es hatte über Nacht Fußgänger aus uns gemacht. Wir hatten endlich einen unverfänglichen Gesprächsstoff – aber was heißt da schon unverfänglich? Frauen bringen es fertig, behauptet Albrecht, jedem sachlichen Gespräch eine unsachliche Wendung zu geben.

Beim Mittagessen sagte mein Mann, dieses Haus sei ein Gefängnis, wenn man kein Auto habe, und überhaupt: Regen im Tessin! Man sehe nichts, man höre nichts – bei solchem Wetter säße man am besten zu Hause an seinem Schreibtisch, dann bliebe nicht auch noch die Arbeit liegen.

Ich machte den Vorschlag, daß er den Nachmittag ja gut zum Arbeiten verwenden könne, nichts stünde dem im Wege, auch nicht Friedrich Georg, der bestimmt froh sei, wenn er einmal Ruhe vor uns habe, und der ja außerdem eine Vorliebe für das Promenadencafé in Locarno und eine besondere für illustrierte Magazine habe. Ich beschloß, zu Tante Be zu gehen, die sich sicherlich schon vernachlässigt fühlte.

Lotte schien Einwände machen zu wollen. Als ob es ihr nicht recht wäre, wenn man sie mit Albrecht allein im Haus ließe. Was konnte denn schon geschehen? Am Nachmittag! Und mein Mann war verstimmt. Ich kenne ihn doch, ich weiß besser als sie, was man seiner Standhaftigkeit zumuten kann und was nicht. Schließlich ist es mein Haus, und für geschmacklos habe ich Lotte nie gehalten. Obschon – ich war zwei Jahre Albrechts Mitarbeiterin. Meine Phantasie hat seit jener Zeit einen reichen Nährboden. Es gibt nicht allzuviel, wovor Verliebte zurückschrecken, auch nicht vor Geschmacklosigkeiten, weil sie sie ja nicht als solche erkennen. Und Lotte war verliebt, das war sicher. Andererseits war sie ein Mädchen, das die besten Absichten hatte, sich zu verheiraten. Sie war solide, schließlich kam sie aus Wien. Trotz dieser besten Absichten war sie jetzt aber Mitte Zwanzig.

Als ich diese ›Ferien im Quartett‹, wie Tante Be das einmal genannt hat, plante, hatte ich die Möglichkeit, daß Lotte ihr Glück bei Friedrich Georg versuchen würde, gar nicht in Betracht gezogen. Demnach war ich mir bei ihm meiner Sache sicherer als bei meinem eigenen Mann. Tante Be, mit der ich das an jenem Nachmittag erörtert habe, sagte: »Suschen, nun hör mal zu. Ad eins: Wenn sie dir deinen Dichter ausspannte, wäre das doch noch schlimmer, weil du dann eine weitere Niederlage einstecken müßtest. Komm, sei still! Nur zur Dekoration wirst du ihn ja nicht mitgenommen haben. Und dann: Sie ist ja nicht unerfahren! Also weiß sie auch, daß es leichter ist, einen Mann aus seiner Ehe herauszuholen als einen Junggesellen hineinzubekommen. Vielleicht denkt sie, es sei gar nicht so schlecht, einen gelernten Ehemann zu kriegen. Besser vermutlich als einen Junggesellen, der bereits zwei Jahrzehnte lang Gelegenheit hatte, seine Eigenheiten auszuprägen und zu pflegen. Die äußeren Schwierigkeiten sind zunächst größer, aber dafür sind dann auch die Chancen für später erheblich besser. Womit ich nichts gegen deinen Dichter sagen will. Du weißt, ich halte viel von ihm.«

»Ja, das tust du, mehr als von meinem Mann.«

»Ich will nicht widersprechen.«

»Wenn du nur nicht so schrecklich ehrlich wärst, Tante Be! Man ist das gar nicht gewohnt.«

»Das gehört nun mal zu den Vorzügen des Alters. Man kann so offen sein, daß einen die anderen Leute für wunderlich halten. – Sieh mal, ihm ist alles zu leicht gefallen, deinem Albrecht. Er hat alles bekommen, was er haben wollte: die Karriere, die Frauen – entschuldige, wenn ich im Plural spreche.«

»Natürlich, Tante Be, tu das ruhig, du hast ja recht. Ich habe es ihm nicht schwergemacht, und Marion wird es nicht getan haben, und diese Lotte sieht auch nicht danach aus. Aber du wirst ihm trotzdem nicht gerecht, er ist so völlig anders als du.«

»Und du verstehst ihn, nicht wahr?«

»Verstehen? Nein, Tante Be. Aber ich liebe ihn. Töricht von mir, das weiß ich selber nach sechsjähriger Ehe. Aber so ist es nun mal. Und darum werde ich das Feld räumen. Ich habe ja Rainer, und der sieht ihm so ähnlich – komisch, nicht? Wolfgang tut das auch, jetzt noch mehr als früher. Seine Söhne gleichen ihm alle.«

Tante Be saß in einem ihrer geliebten Schaukelstühle, rechts ein Hund und links ein Hund, beide schliefen. Sie stickte. Violette, phantastische Vögel auf ein Stück blaßroter Seide. Ich zog ihr die Fäden aus den Döckchen, bis sie mir die Seide vom Schoß nahm, weil ich alles durcheinandergebracht hatte.

»Hör mal«, sagte sie, »kennt dieses Mädchen eigentlich die Vorgeschichte eurer Ehe?«

»Ich glaube nicht. Wie ich Albrecht kenne, hat er nicht darüber gesprochen. Manchmal denke ich, er hat das alles völlig vergessen. Männer können das. Für die Vergangenheit sind die Frauen zuständig, inklusive der Schuld daran. Die Männer müssen so schwer an der Verantwortung für die Zukunft tragen, sie können sich nicht auch noch mit dem Ballast, mit den Hypotheken der Vergangenheit, wie er es nennt, befassen. Das Geld für Marion und Wolfgang läßt er mit einem Dauerauftrag überweisen. Innerlich hat er bestimmt nichts mehr damit zu tun, und was das Äußere angeht, darin ist er ja großzügig.«

»Das paßt zu ihm!«

»Du beurteilst ihn wieder falsch, Tante Be! Für mich war es doch besser so. Wenn er sich immer Vorwürfe gemacht hätte und wenn er es bereut hätte, und ich hätte es auch nur ein einziges Mal gemerkt – dann wäre ich unglücklich gewesen. So war ich wenigstens ein paar Jahre glücklich. – Sehr glücklich sogar.«

»Und wie oft meinst du, daß sich das noch wiederholen soll, Suschen? Schließlich ist die Ehe nicht der Refrain der Liebe, den man beliebig oft wiederholen kann.«

Ich zuckte zusammen.

»Er ist anfällig, dein Albrecht, widersprich nicht. Wenn er es nicht wäre, hättest du ihn nicht bekommen. Stimmt das, oder stimmt das nicht? Na also. Du bist dir doch wohl darüber im klaren, daß etwas geschehen muß?«

»Was denn nun noch, Tante Be? Ich habe doch dies hier schon arrangiert, und alles ist fehlgeschlagen.«

Sie stickte und dachte nach.

Ich saß und dachte auch nach und schaukelte ein bißchen in meinem Stuhl. Die Hunde dösten und blinzelten mich manchmal an. Ich sah hinaus in den Regen. Der hohe Kampferbaum vorm Haus verdunkelte das Zimmer. Ich stellte mir vor, wie es sein würde, wenn ich einmal so alt wäre wie Tante Be und allein. Ich konnte mir ja auch ein paar Hunde anschaffen. Nicht einmal sticken konnte ich.

Tante Be unterbrach unser Schweigen. Sie fragte beiläufig, es klang ganz uninteressiert: »Was tut eigentlich Wolfgang jetzt? Wie alt ist er mittlerweile?«

»Zweiundzwanzig, glaube ich. Nein – warte, Albrecht ist siebenundvierzig, er war damals, als er zum erstenmal geheiratet hat, dreiundzwanzig, doch, es kann stimmen: zwei- oder dreiundzwanzig. Er studiert in Zürich, und jetzt, während der Semesterferien, ist er bei einem Freund in Lausanne. Sie sitzen zusammen über den Entwürfen für irgendeinen Wettbewerb. Hallenschwimmbad oder so etwas. Er wird Architekt.«

»Von wem weißt du das?«

»Wir schreiben uns gelegentlich.«

»Also doch ein schlechtes Gewissen.«

»Ja. Wundert dich das, Tante Be?«

»Nein. Es hätte mich gewundert, wenn es anders gewesen wäre.«

»Manchmal schicke ich ihm ein Päckchen. Wir verstehen uns ganz gut, und er hat ja eigentlich sonst niemanden. Seine Mutter – ich glaube, die wollte nicht mehr durch ihn an Albrecht erinnert werden, er sieht ihm doch so ähnlich, weißt du. Und ich habe nun mal eine Schwäche für diesen Typ und fand es hübsch, einen Albrecht in jeder Altersklasse zu haben, mit fünf und mit dreiundzwanzig und mit siebenundvierzig.«

Tante Be stickte weiter. Ich fragte, ob ich Licht einschalten solle, aber sie legte ihre Arbeit beiseite, sie sitzt ebensogern im Dämmerlicht wie ich. Sie hat dann noch gefragt, ob Marion wieder geheiratet habe. Das Lachen, mit dem ich diese Frage beantwortete, klang sicher böse und auch bitter. Warum hätte sie wieder heiraten sollen? Albrecht finanzierte ihr Leben. Sie hatte ihre Freiheit, und in allem übrigen hatte sie sich arrangiert, so nannte man das in Albrechts Sprache. Aber es ist kein übermäßig schönes Kanzleideutsch, was man dort spricht. Ich kenne das Vokabular nur allzugut. Weder gedachte ich, mein Leben von ihm finanzieren zu lassen, noch mich zu arrangieren. So etwas tut man kein zweites Mal, ich wenigstens nicht, dafür war es zu ernst – damals. Und selbst bei seinem guten Einkommen dürfte es Albrecht schwerfallen, drei Haushalte zu finanzieren.

Es wurde Zeit, daß ich nach Hause ging. Es war schon fast völlig dunkel. Aber bevor ich aufbrach, hat mir Tante Be ihren Plan vorgetragen. Sie wollte Wolfgang für ein paar Tage einladen. Sie hatte einen Interessenten für ein Terrain am See. Einen Industriellen, der etwas Modern-Idyllisches haben wollte, Romantik mit Komfort. Es war ihm eilig; außerdem mußte es noch diskret gehandhabt werden, deshalb kam es auf den Preis nicht an. Tante Be hat eine fatale Art, die Dinge beim Namen zu nennen.

Sie war durchaus der Ansicht, daß Wolfgang etwas ›Modern-Idyllisches am See‹ entwerfen und die notwendigen Bauskizzen anfertigen könne, wenn er sich schon mit Projekten wie Hallenbädern befaßt habe. Sie war bereit, etwas für mich zu investieren. Vielleicht hatte ich unrecht, als ich annahm, sie habe Vorurteile gegen meinen Mann und warte nur darauf, daß wir uns trennten.

Ich fühlte mich erleichtert, als ich nach Hause ging. Sie begleitete mich ein Stück, nahm mich mit unter ihren großen grauen Tessiner Regenschirm, hakte sich bei mir ein, drückte meinen Arm, und ich versicherte ihr, daß sie eine wunderbare Frau sei und ich nur wünschte, auch einmal so zu werden wie sie.

»So alt, Suschen, das kannst du haben, und es geht viel rascher, als es dir lieb sein wird.«

»Nein, so menschlich, so einsichtig, so klug.«

»Mit anderen Worten: so jenseits von Gut und Böse. Das meinst du doch? Zeit haben für andere und für deren Sorgen? Ach, weißt du, zu zweit ist es schwer, mit einer großen Familie, das ist sehr schwer. Allein ist es aber auch sehr schwer – man muß sich da untereinander schon ein bißchen helfen. Wenn es leichter wäre – wäre es weniger wert. Nun lauf, werd nicht so naß und schreib an den Wolfgang, er kann bei mir wohnen, und ein anständiges Honorar kriegt er auch.«

Nach dem Abendbrot gingen Lotte und ich in die Küche. Die Männer saßen bereits wieder am Kamin.

Albrecht hatte schon ein paar Flaschen zurechtgestellt und das Feuer in Gang gebracht. Lotte setzte das gebrauchte Geschirr im Spülbecken zusammen und sagte dann, ohne mich anzusehen, daß sie mir eine Erklärung schuldig sei.

Ich sagte ihr, zu erklären sei doch wohl nichts mehr, und was zu klären sei, das ginge nur meinen Mann und mich etwas an. Ich hätte natürlich ›Albrecht und mich‹ sagen können, aber leider hat auch diese Situation schon ihre Schablone. Ich verhielt mich genauso wie Marion und erinnerte mich sofort, daß ich damals gedacht hatte, nie, niemals würde ich so etwas sagen. Ich würde tolerant sein, ich würde mich in die Lage der anderen versetzen. Eine Ehefrau hat schließlich sehr viel mehr Waffen als die andere. In der Defensive hat man viele Verbündete. Die andere steht so ziemlich allein.

Ich versuchte es mit einem Scherz wiedergutzumachen. *»Attenti al cane!«*

Wir gingen ins Wohnzimmer. Albrecht war auf die Terrasse gegangen, und als wir eintraten, rief er: »Kommt bitte einmal her!«

Wir kamen, hatten aber keine Ahnung, was er meinte mit seinem: »Was sagt ihr nun?«

Lotte merkte es früher als ich: Es regnete nicht mehr!

Friedrich Georg kam dazu. Er hatte den Witterungsumschwung schon am Vormittag gespürt, wenn er sich recht entsann, schon am Abend vorher. Warum er uns nichts davon verraten hatte, wußte kein Mensch. Es mußte etwas in der Atmosphäre anders gewesen sein. Eine gewisse Offenheit, auch Heiterkeit lag in der Luft. Entspannung.

Nun, von Entspannung der Atmosphäre konnte nicht einmal jetzt die Rede sein, aber wir waren so taktvoll, das nicht zu sagen. Vielleicht gebe ich aber auch seine Worte unvollkommen wieder. Albrecht war keineswegs seiner Ansicht, ihm kam der Witterungsumschwung zu rasch und außerdem von der falschen Seite. Das Wetter kommt mit dem Lauf des Ticino, meinte Albrecht, und geht mit ihm; wir hätten Nordsüdwetter, im Gegensatz zu dem Wetter zu Hause, das ausgesprochenes Westwetter sei. – Sie unterhielten sich noch eine Weile darüber.

Man sah wieder die Lichterkette am See. Man sah wieder Sterne. Es war herrlich! Morgen würden wir in der Sonne auf der Terrasse liegen. Wir würden lange Wanderungen machen, meine Halsschmerzen würden am nächsten Morgen sicher wie weggeblasen sein. Ich wollte überhaupt nichts davon erwähnen. Halsschmerzen plus Vorwürfe, das war mir zuviel. Albrecht würde mich noch einmal für das Barfußlaufen am Morgen beschimpfen, und Friedrich Georg würde die weibliche Psyche hervorzerren und bestimmt sagen: ›Aha, die psychogene Angina. Seelische Niederschläge.‹ Jetzt war erst einmal Schluß mit den Niederschlägen.

Die Männer hatten sich immer noch nicht einigen können, ob der Regen gegen Abend mit oder ohne Berechtigung aufgehört hatte. Lotte saß am Kamin und schälte Orangen, der Duft breitete sich im Raum aus. Es war noch früh. Wir wußten nichts Rechtes mit dem Abend anzufangen, über den Regen hatten wir längst alles gesagt, darum schlug ich vor, ob wir nicht spielen wollten. Auf dem Boden stehe doch ein Kasten von Simonetti, und ein Kartenspiel sei bestimmt darin. Zu viert spielt man am besten Doppelkopf. Albrecht hielt den Gedanken für gar nicht so schlecht, wir spielen auch zu Hause manchmal. Friedrich Georg fand Kartenspielen niveaulos für einen geistig oder sogar schöpferisch tätigen Menschen, aber er war taktvoll genug, nichts Derartiges zu sagen. Lotte konnte natürlich nicht Doppelkopf spielen, aber das reizte wiederum Albrecht. Er ist ein ausgezeichneter Lehrmeister und bringt den dümmsten Leuten die schwierigsten Dinge bei, sogar mit Geduld. Er stammt ja aus Mecklenburg.

Lotte stellte sich tatsächlich dumm an, sie hatte nie eine Ahnung, mit wem sie zusammen spielte, aber sie kokettierte sehr reizend mit ihrer Dummheit. Friedrich Georg schien fasziniert zu sein; sie brachte es tatsächlich fertig, daß man sich albern vorkam, wenn man das Spiel leidlich gut konnte. Spaß schien es ihr nicht zu machen. Albrecht ärgerte sich über ihr Benehmen, er nimmt auch so ein Spiel auf seine Weise ernst und ist ganz bei der Sache, vermutlich aber reizte ihn das Hin und Her zwischen ihr und Friedrich Georg, das auch mir ziemlich auf die Nerven ging. Auf einmal warf er die Karten hin und erklärte, es sei besser, Skat zu spielen, Bridge könne Lotte vermutlich auch nicht, und beim Skat habe man eine Fachsprache, die sicher für Friedrich Georg ganz interessant sein könnte. Und dann fühlte man sich ja auch sehr bald in andere, männlichere Lebensumstände versetzt – aber zu viert könne man ja Skat nun mal nicht spielen.

Lotte nahm seine Worte, wie sie vermutlich gemeint waren, als Stichwort zum Aufbruch. Sie wollte oben in ihrem Zimmer noch ein paar Ansichtskarten schreiben. Wir drückten ihr den Heizventilator in die Hand, und sie verschwand.

Wir waren zu dritt. Wir spielten Skat. Ich übernahm Lottes Rolle, nur daß ich von Albrecht viel schlechter behandelt wurde als sie. Ich habe nicht viel Übung. Wenn ich mit ›sechsundzwanzig‹ reizte, dann stellten sich die beiden an, als hätte ich eine Tischlampe mit einer Straßenbahn verwechselt. Sie reagierten gereizt.

Es war jetzt nur noch die Frage, wer als nächster nach oben ging. Albrecht schien wenig Neigung zu haben, mich mit Friedrich Georg allein zurückzulassen. Er weiß natürlich auch, daß mein Dichter eine ausgezeichnete Figur am Kamin macht. Er ist eben gerade so schön, daß er nicht in den Verdacht geraten kann, dumm zu sein. Und dann hat er dieses Talent zum virtuellen Abenteuer, das sehr aufregend ist für eine Frau, bei dem man – rein äußerlich wenigstens – nichts riskiert. Seine Gedankengänge und seine Formulierungen unterminieren die beste

Tugend, und an jenem Abend, das hatte Albrecht richtig erkannt, war es mit meiner Tugend nicht weit her. Frauen tun leicht etwas aus Rache oder aus Langeweile oder aus Müdigkeit. Männer werden diese Art Motive nie verstehen. Auch Albrecht nicht, trotz seiner Praxis. Trotz seiner gutgehenden Praxis.

Die männlichen Motive der Untreue klingen immer soviel großartiger.

Friedrich Georg dachte nicht daran zu weichen. Erstens ist er ein Nachtmensch, wie alle geistigen Arbeiter; er hält es für die Pflicht eines Dichters, die besten Gedanken nach Mitternacht zu haben. Außerdem schien er sich noch immer an die Devise zu halten: Keine Aussprache zwischen den Eheleuten.

Es war wie in Haydns Abschiedssymphonie. Einer nach dem anderen verließ den Raum. Die nächste war ich. Vorher holte ich aus dem Nachlaß von Simonetti ein Brettspiel und legte es den beiden hin. »Wir wär's, wenn die Herren jetzt einmal ›Dame‹ spielten?« Albrecht mag solche Anspielungen nicht. Aber Friedrich Georg quittierte meine Frage mit einem Lächeln und einem Handkuß.

Man kann nicht sagen, daß die beiden in bester Stimmung gewesen wären, als ich sie zurückließ. Sie haben nicht ›Dame‹ gespielt, sondern ›Wolf und Schaf‹. Das war wohl Albrechts Rache. Aber er hat den Namen des Spiels erst am anderen Morgen beim Frühstück verraten, und Friedrich Georg sagte mit einem maliziösen Lächeln, daß er ja dann wohl ein ziemlich einfältiges Schaf gewesen sei, denn er habe den Wolf nicht ein einziges Mal eingefangen. Ich habe nicht viel über die nächsten Stunden am Kamin erfahren können, aber getrunken und geraucht haben die beiden reichlich. Wahrscheinlich hat Friedrich Georg allerlei an Sentenzen von sich gegeben, so *en passant,* wie das seine Art ist, und dabei muß er meinen Mann sehr verärgert haben. Möglich, daß er ihn auch, mit den besten Absichten natürlich, auf die Vorzüge seiner Frau aufmerksam gemacht hat, und vielleicht hat er ihm sogar angedeutet, daß die Sache mit dem einfachen Lottchen doch nicht so einfach sei. Kurz nach Mitternacht ist Albrecht dann allein zurückgeblieben. Zu Hause gehen wir meist gegen elf Uhr schlafen. In schönem Einvernehmen zur gleichen Stunde. So lange sind wir schließlich noch gar nicht verheiratet. – Vielleicht wußte mein Mann nicht, an welche Tür er an jenem Abend hätte klopfen sollen, und hatte einfach keine Lust auf sein eigenes Zimmer. Später hat er mir gestanden, daß er immer diese ›verdammte Edith mit den ungekämmten Haaren‹ auf seinem Bettrand gehabt habe, und immer habe sie einen roten Unterrock mit Spitze getragen, was er nun mal nicht ausstehen könne. Die Geschichte mit dieser Edith habe ihm überhaupt sein Zimmer völlig verleidet, und in Zukunft gedenke er –

Aber ich greife schon wieder vor.

Albrecht hat noch ein paar neue Scheite auf das Feuer gelegt und hat sich eine weitere Flasche Barbera geholt, die zweite war schon zur Hälfte geleert, als ich ging. Es war nun einmal ein Spielabend –. Albrecht hat sich das Nonnenspiel aus dem Kasten geholt. Ein Einsiedlerspiel.

Vielleicht sollte man nicht soviel dabei trinken oder wenigstens nicht ganz so nah an einem offenen Feuer sitzen. Allerdings – die Konsequenz, mit der er es gespielt hat, die imponierte mir. Sie erinnerte mich an die Geschichte von dem idealen Leser: Ein Mann, der in einem Eisenbahnabteil ein Buch liest. Immer, wenn er ein Blatt zu Ende gelesen hat, reißt er es heraus und wirft es aus dem Fenster. Albrecht hatte die dreiunddreißig Holzstäbchen aufgestellt, wie sich das gehört. Ein Loch bleibt frei, und dann war er mit einem Holz über das nächste zu dem freien Feld gehüpft und hatte das übersprungene Hölzchen ins Feuer geworfen, war mit dem nächsten gesprungen, hatte das andere in den Kamin geworfen. – Um zwei Uhr war er, tief befriedigt von seinem Werk, aufgestanden. Das Spiel war ihm nicht völlig gelungen, er hatte nicht gesiegt, statt eines Stäbchens waren drei übriggeblieben, und die standen am nächsten Morgen dann einsam auf dem Brett. Alle übrigen hatte er vernichtet. Da er ein gewissenhafter Mensch ist, hatte er nicht vergessen, das Feuer sorgfältig abzudecken, damit kein Brand entstehen konnte, und dann war er nach oben gegangen. Er muß sehr betrunken gewesen sein. Sonst hätte er nicht so viel Courage aufgebracht, diese Edith aus dem Fenster zu werfen. Aber es muß ihm eine große Genugtuung gewesen sein, sich einer Frau gegenüber so eindeutig ablehnend verhalten zu haben. Er hat das Fenster verriegelt, und sonst behauptet er immer, er könne bei geschlossenen Fenstern nicht schlafen.

Als er mir das später erzählte, erwartete er von mir, daß ich ihn für seine Standhaftigkeit lobe und belohne.

Ein paar Stunden später schien die Sonne, wie sie nur im Frühling im Tessin scheint, so klar und so warm. Auf einmal blühte alles. – Wir lagen schon um halb zehn in den Liegestühlen auf der Terrasse, Friedrich Georg war bereits zweimal ›zu den Müttern gegangen‹ und hatte uns einen Krug mit frischem Wasser geholt, weil wir alle durstig waren. Ich hatte Halsschmerzen, aber was tat das schon!

Wir lagen in unseren Liegestühlen und gingen mit den Blicken spazieren, was Albrecht sowieso für die einzig zuträgliche Form eines Spazierganges hält. Er erklärte ein zweites Mal die Gegend. Ich hatte die Augen geschlossen und hörte zu: Monte Ceneri, Indemini, San Abbondio, Magadino. – Es klang wunderschön! Ich liebe diese Namen, sie sind reine Poesie, sie sind wie Musik, und gleichzeitig steigen zauberhafte Bilder herauf, schwankende Holzstege, zerfallende Mauern, von Efeu überwuchert, und das Violett der Bougainvillea. – Dann schwiegen alle.

Nach einer halben Stunde verständigte uns Friedrich Georg, wie weit er auf seinem Spaziergang gekommen sei. Jetzt eben sei er dort, jawohl, an der anderen Seite des Sees, jener Serpentinenweg, und jetzt ruhe er sich eine Weile vor der Kirche aus, auf der Steinbrüstung. Sprach's, legte sich auf die niedrige Steinmauer, von der die Terrasse eingefaßt ist. »San Abbondio, der Schutzheilige der Fußgänger«, sagte er noch, dann verstummte auch er.

Ich sagte: »Seht nur die Eidechsen!«

Lotte sagte: »Es riecht nach Veilchen –«

Und wenig später erklärte sie: »Ich will nach Indemini.«

»Gut«, sagte Albrecht, »dann fahren wir nach Indemini.«

Ich machte nun doch die Augen auf und sah von einem zum anderen, dann besah ich mir das Tal drüben und sagte: »Ausgeschlossen. Da liegt noch tiefer Schnee.« Lotte blieb dabei: dann erst recht. Friedrich Georg deklinierte derweil: »Indeminie, Indemioft, Indeminie, Indemi – auf gar keinen Fall, also Indemi – nie! Genug Schnee, genug Regen, jetzt bitte Sonne. Sonne. *Sole pura!*«

Albrecht korrigierte: *»Puro.«*

Ich kann seine schulmeisterliche Art nicht leiden, es kam doch hierbei nicht auf Grammatik an. »Hurra!« rief ich, und weil ich ihn nicht schon am Morgen verärgern wollte, machte ich einen anderen Vorschlag: Bosco Gurin. Dort waren Albrecht und ich auch noch nicht gewesen. Unser Wagen ist für die Haarnadelkurven zu breit, außerdem besitzt Albrecht nicht die Wendigkeit eines Tessiner Postbusfahrers, was er aber nie zugeben würde. Die Gelegenheit kam nie wieder; länger als drei Tage würde die Reparatur nicht dauern, auch in Locarno nicht, die Ersatzteile waren bereits in Zürich angefordert worden.

Friedrich Georg stimmte für Bosco Gurin, Lotte und mein Mann für Indemini. Die Einigkeit war schon wieder in Gefahr. Ich machte noch einen Versuch: eine Fahrt mit einem der neuen weißen Schiffe zu den Inseln. Aber keiner ging darauf ein, alle fanden, auf dem Wasser sei es zu kalt und viel zu naß. Bloß nicht schon wieder Wasser!

Als ich ins Haus ging, um Sonnenbrillen und Hautcreme zu holen, kam Albrecht mir nach. Er war verlegen, als er mir gestand, daß er Lotte diesen Ausflug versprochen habe; und nicht nur das: Er wollte mit ihr allein hinfahren.

Dieses kleine Biest. Man brauchte nur die Augen zuzumachen.

Albrecht sollte nicht vergeblich an meine Großzügigkeit appellieren. Er hat sogar gesagt: »Du kennst mich doch!«, und darauf habe ich gesagt: »Allerdings« und am Ende: »Bitte, wenn du es so willst. Du mußt wissen, was du tust und was du verantworten kannst. Alt genug bist du ja.« Der Appell an sein Alter war schlecht. Mein letzter Trumpf war: »Dann fahre ich mit Friedrich Georg nach Bosco Gurin, wir können uns ja zuwinken.«

Nach dieser Auseinandersetzung gingen wir zu den anderen zurück, und ich sagte unter heftigem Niesen, daß es ein doppeltes Vergnügen sei, wenn die einen dorthin und die anderen hierhin führen, abends hätten wir dann etwas zu erzählen. Man müsse die guten Tage nutzen.

Die Busse fahren am späten Vormittag in Locarno ab. Wir mußten aufbrechen. Wir wünschten uns allerseits viel Vergnügen.

Ich hatte von vornherein ein ungutes Gefühl.

Wenn Albrecht meinte, daß dieser eine Nachmittag den Preis wert war – das konnte er haben. Er hatte Lotte. Aber ich hatte Friedrich Georg, und zwischen uns gab es das, was er gelegentlich unsere ›perfekte Liebe‹ nannte. Perfekt im Sinn von vergangen; aber ich erinnerte mich noch sehr gut.

Schon als ich mit Friedrich Georg die Treppen hinunterlief und wir das im gleichen Rhythmus taten, geübt, oft geübt in einem Treppenhaus in München, hatte ich Mühe, unglücklich zu sein. Ich vergaß es einfach immer wieder. Die Sonne schien, sie wärmte nicht nur die Haut, der See glänzte, und über Nacht waren alle Rhododendronbüsche aufgeblüht. Wir waren kaum auf der letzten Brücke, als ich anfing zu singen: »Frag' ich mein beklommen Herz –«, die Arie der Donna Rosina aus dem ›Barbier von Sevilla‹, eines meiner Lieblingslieder und eines mit viel Vergangenheit. Ich hatte völlig vergessen, daß Lotte und Albrecht ja dabei waren. Mein Mann rief dann auch: »Du scheinst ja in bester Stimmung zu sein, meine Liebe«, und ich sang, immer hübsch in der Melodie der Donna Rosina: »Bin ich, bin ich auch.«

Ich freute mich auf Bosco Gurin. Die Fahrt durchs

Maggia-Tal liebe ich sehr, und als wir in dem kleinen Bus saßen und die Straße entlangfuhren, die vom See in das Tal abbiegt, da dachte ich, ich hätte die Fäden alle in der Hand. Am Abend würden wir wieder, mehr oder weniger einträchtig, am Kamin sitzen, und was konnte schon in Indemini passieren. Es würde kalt sein, und mein Albrecht ist nicht übermäßig geschickt im Ausnutzen von Situationen, und wo, wo konnten schließlich Situationen entstehen? In dem kleinen Ristorante etwa, in dem wir mal gegessen hatten? Wenn die beiden ankamen, war die Sonne sicher schon untergegangen, und das Dorf lag düster im Schatten, sie würden nicht einmal unter den Lauben sitzen können, sie mußten Grappa trinken, und Albrecht würde hoffentlich oft das Bedürfnis haben, hinüber ins Maggia-Tal zu sehen. Die Chancen für mich standen ungleich besser. Ich weiß nicht, ob Albrecht mich für zuverlässig hält. Er weiß nämlich, wozu ich imstande bin, wenn ich jemanden liebhabe, und das ist nicht gut. Mußte er nicht glauben, daß ich das alles ein zweites Mal tun könnte? Ach, es ist schlimm, wenn man nicht mehr an die Unbedingtheit der Liebe, ihre Einmaligkeit, zu glauben vermag. Niemals hat er zu mir etwas von Treue gesagt, und niemals habe ich es gesagt, und schon, wenn er ›immer‹ sagt und ›später, wenn wir alt sind‹, dann erschrecke ich. Beim Wort Treue mußte man, ob man es nun wollte oder nicht, an Marion denken und an Wolfgang. Ich weiß heute noch nicht, ob Albrecht nicht zuerst an sie denkt, wenn jemand ihn ganz beiläufig fragt: Wie geht's Ihrer Gattin? Ich kann mir einfach nicht vorstellen, daß ich das sein soll: die Gattin. Die Frau Gemahlin. – Seine Frau, das ja. Das weiß ich. Es hat einmal eine Stunde zwischen uns gegeben, seit der ich das weiß, und die vergißt auch Albrecht nicht.

Und während wir fuhren, stellte ich mir vor, daß ja nicht nur der See zwischen uns lag, sondern auch noch der Monte Gamborogno, hinter dem sich das weltferne kleine Dorf Indemini versteckt, nahe der italienischen Grenze. Lotte wird es auf der schmalen hals- und achsenbrecherischen Straße mit den unzähligen Serpentinen schwindlig werden, sie wird sich an Albrechts Arm klammern und aufjuchzen. Ihr wurde ja schon schwindlig, als wir die breite Schwarzwaldhochstraße fuhren.

Zuerst ist das Maggia-Tal häßlich. Kein Mensch glaubt ihm seine Schönheit, wenn er nur das Delta des Flüßchens sieht, das breit ist und voller Geröll, nichts wächst da, nur Weidengestrüpp. Rechts und links Tankstellen und kleine Fabriken. Später verengt es sich, die Berge schieben sich dicht aneinander, es ist nur eben noch Platz für den Fluß und die Schienen der Bahn, die nach Bignasco geht, und für die schmale Straße und die kleinen, oft längst schon verlassenen und zerfallenen Dörfer, die sich an den Berg klammern, die steilen Wiesen, die eben erst grün wurden. Und immer noch Schnee auf den Gipfeln und eben erst die ersten grünen Spitzen an den Kastanien und Lärchen. Gelbe Primelwiesen –

Auf einmal lag Friedrich Georgs Hand auf meinem Arm: »Wohin fährst du eigentlich? Nach Indemini?«

Was sollte ich darauf antworten? Ich lachte, natürlich mußte ich lachen, er hatte ja recht. Ich bin's gewesen, die immer gesagt hatte: heute – heute. Und heute, das war sein Tag.

Wir sind übrigens gar nicht nach Bosco Gurin gefahren. Dort lag noch tiefer Schnee. Der Postomnibus nahm keine Touristen mit. Wir waren in Palagnedra. Im Centovalli. Aber keiner hat uns gefragt, wo wir gewesen sind. Es war immer nur die Rede von Bosco Gurin. Wir machten ein Geheimnis daraus, ohne daß wir es verabredet hätten. Es war Frühling, blauer, grüner, bunter Frühling. Ich habe Friedrich Georg immer gern gehabt; wenn ich ihn manchmal verspotte, ist das wohl nur Selbstschutz. Es hat eine Zeit gegeben, da war es mehr als Gernhaben, und es fällt mir noch heute nicht schwer, mir dieses Mehr vorzustellen. Viele Frauen werden mich um seine Freundschaft beneiden. Er ist berühmt, auch das kommt dazu, und es schmeichelt mir. Einige seiner Gedichte stehen bereits in Lesebüchern.

Vielleicht hat er schon während der Hinfahrt die Möglichkeiten erwogen. Nichts ist schließlich leichter, als eine enttäuschte, vielleicht sogar bereits betrogene Frau zu verführen, und nichts wiederum ist für einen Junggesellen unverbindlicher, als eine verheiratete Frau zu verehren. Gelegenheit macht

Liebe. Man ist keine zwanzig mehr. Ich weiß das alles, aber manchmal nutzen einem die besten Einsichten nichts. Man macht die Augen auf, oder man macht sie zu, je nach Veranlagung, aber man läuft schnurstracks in das hinein, was ein Glück oder ein Unglück ist – auch darüber kann man verschiedener Meinung sein.

Unser kleiner Bus hatte eine wunderhübsche Hupe; an jeder Serpentine ertönte sie. In den Dörfern stieg der eine aus, ein anderer zu. Nur wir beide blieben auf unseren vorderen Sitzen. Friedrich Georg saß am Fenster, und ich machte den Cicerone. So ganz bei der Sache war ich noch immer nicht, sein Ellenbogen, der bei jeder Kurve ein bißchen näher kam, irritierte mich. Ich blieb ganz sachlich.

»Dort, wo die Zypressen über die Mauer sehen, da ist ein Friedhof. Und da, rechts, zwischen den Lärchen, das ist eine Kapelle.« Als ich ihm schließlich erklärte, daß drüben, auf der anderen Talseite auf halber Höhe eine Kirche sei, sagte er: »Aha. Ich hielt es für einen Dampfer.«

Dann lachten wir, und dann wurde es eigentlich sehr hübsch. In den Kurven hielten wir uns aneinander fest, und manchmal geriet ich mit meinem Kopf an seinen Hals, und er roch so gut, ganz anders als früher, nach frischem Heu, glaube ich. Ich habe ihn danach gefragt und ein bißchen geschnuppert und die Nase in sein Halstuch gesteckt, und er schien das ganz gern zu mögen. Wir waren auf einmal beide zehn Jahre jünger, aber: wir hatten Erfahrungen mit der Liebe. Wir lachten, wo wir früher ernst gewesen waren. Heute – heute. Ich hatte das gut gelernt. Und mein Dichter wußte das und machte es sich zunutze.

Unsere Straße zweigte nach links ab. Die Kurven wurden immer enger, und man mußte sich noch fester aneinanderhalten. Der Berg, den wir hinauffuhren, lag im Schatten und sah düster und furchterregend aus. Friedrich Georg siedelte Bären in einer Felsschlucht an, er erfand Räubergeschichten und weigerte sich mit Entschiedenheit, mich vor den Räubern zu schützen, er gedachte vielmehr, mich an sie zu verkaufen. – Ich halte das tatsächlich für möglich. Auch in seiner Phantasie bleibt er sich selbst treu. Zumindest treuer als dem anderen.

Dann waren wir oben, noch eine Kurve, und vor uns lag ein Dorf auf einem Hochplateau. Wir atmeten tief. Von einer Wegbiegung zur anderen war alles anders, war alles südlich und warm, sanfte grüne Matten; die Häuser sauber und hell getüncht, zweistöckig wie in einer kleinen Stadt, mit Fensterläden und Balkongittern, viereckigen Plätzen, kleinen sauberen Gasthöfen und Viehherden auf den Wiesen, deren Geläut weithin zu hören war. Auf einmal war Heiterkeit in der Luft. Richtiger Frühling!

Wir setzten uns auf eine Steinbank vor eines der kleinen Restaurants und ließen uns eine Rossimada zubereiten, ein süßes Irgendwas aus Eidottern und Zucker und viel Rotwein, zu dem man unbedingt einen Kaffee trinken muß. Und dann liefen wir los, zuerst zu der kleinen Kapelle, der Madonna geweiht, über einen Felsen gebaut. Am Hang einer Wiese, auf der Veilchen blühten, ein Meer von Veilchen, und die Kirche ganz weiß, und der Himmel so hoch und blau, und die Nadeln der Lärchen glitten duftend und sanft durch unsere Hände, und drüben, jenseits des hüpfenden Baches, dehnte sich eine Wiese, weiß und lila überblüht von Wiesenschaumkraut.

Wir entdeckten eine Mulde im Gras, die von der Sonne des ganzen Tages erwärmt war, wo Veilchen blühten und Primeln und Anemonen und man nur ein kleines Stück Welt sehen konnte: Bach und Wiese, ein paar Lärchen, einen blühenden Kirschbaum und eine Felswand, die gar nicht erst versuchte, ein Loch in den tiefblauen Himmel zu bohren. Sie war auf das sanfteste ausgebogt, und gerade in diesem Bogen ruhte sich am späten Nachmittag die Sonne eine kleine Weile aus, bevor sie unterging. Vielleicht war der Gipfel des Berges, den wir in der Ferne sahen, der Basodino, der höchste der Tessiner Berge.

Friedrich Georg hatte den Kopf in meinen Schoß gelegt. Ich sah einer kleinen runden Wolke zu, die sich in den drei hohen Lärchen ein Nest gebaut hatte. Der Bach murmelte, die Veilchen blühten, und sonst war nichts. Ich saß ein klein wenig unbequem, aber Friedrich Georg schien sich wohl zu fühlen. Ich entdeckte die weiße Wolke in seinen Augen, und dann war sie fort, und ich hatte es nicht einmal gemerkt, weil – nun, weil ich mich über diesen Kopf in meinem Schoß gebeugt hatte. Wirklich, ich ziehe den Duft von frischem Heu auf der Haut eines Mannes dem von Veilchen am Bach vor. Auch heute noch.

Friedrich Georg wurde unruhig. Ich glaubte, er würde mir nun vorschlagen, daß wir ein paar Tage hier bleiben sollten, wir hatten so vieles nachzuholen. Endlich konnte aus unserer perfekten Liebe einmal eine präsente werden. In diesem Frühling! Ich weiß nicht, wie ich mich verhalten hätte, wenn er's gesagt hätte. Sehr widerstandsfähig bin ich nicht. Ich bin ein schlechter Neinsager. Ich bin eine Frau, auf die man aufpassen muß, und das hat Albrecht nicht begriffen. Ich glaube auch, daß er gar nicht weiß, was das bedeutet, eine solche Idylle mit Bach und Veilchen und wilden Kirschen, einer weißen Kapelle auf dem Felsen und einem Dichter, der sehr schöne Worte machen kann und die Wirkung seiner Worte mit zärtlichen Händen zu unterstreichen weiß.

Friedrich Georg setzte sich auf, strich sich das Haar zurück und sah in den Himmel, genau an die Stelle, wo sich die Sonne bald darauf in der Felsmulde zur Ruhe begeben hat, und sagte: »Wie findest du das, Susanne:

›Ich liege auf hundert Sommern
auf Moder und welkem Laub –.‹«

Er machte eine bedeutungsvolle Pause, in der ich einwarf, mein Schoß sei doch wohl weder das eine noch das andere – er wehrte ab und wiederholte:

»›auf Moder und welkem Laub.
Vorher waren es Rosen
getränkt von Tränen und Tau –.‹«

Er suchte in seiner Tasche nach einem Notizblock und dem Bleistift und vergaß mich.

Die Sonne versank hinter dem Berg. Es wurde sehr rasch kalt, das Wolkennest war längst schon fort, und nicht einmal der Bach sprang noch. Die Dunkelheit kroch aus den Bergtälern, es wurde dämmerig. Ich fror und war sehr allein. Ich dachte an Albrecht und Lotte und an Indemini und wie es dort wohl aussah. Albrecht entschwindet einem wenigstens nicht in poetische Gefilde, viel eher bestand die Gefahr, daß er Lotte warm in seinen Mantel einpackte und ihr die kalten Hände und Ohren rieb, wahrscheinlicher aber war, daß sie im Gasthof am Kaminfeuer saßen und tranken und daß Albrecht eine sentimentale Anwandlung hatte und Lotte erklärte, er fühle sich von mir unverstanden. Und auf einmal sah ich diese Szene vor mir, und ich sah Lotte voller Mitgefühl mit diesem armen unverstandenen Mann, der unter der Enge seiner Ehe litt, der einen Menschen brauchte, einen jungen Menschen –

Wie ich das kannte! Er hat es auch zu mir gesagt. Auch andere Männer haben es schon zu mir gesagt. Es ist nicht originell, wirklich nicht.

Aber es wird originell, wenn es der eigene Mann zu einer anderen Frau sagt. Ich sprang auf, ich schrie den armen Friedrich Georg an, er solle seine elende

Dichterei seinlassen. Wenn wir den Bus nach Locarno noch erreichen wollten, dann müßten wir jetzt gehen, und außerdem sei es kalt, und es sei rücksichtlos von ihm, er wüßte, daß ich erkältet sei –

Ich benahm mich scheußlich. Ich war ungerecht, und weil ich das wußte, benahm ich mich noch schlechter. Immerhin gelang es mir, ihn aus seinen hundert Sommern zurückzuholen in den kühlen Frühlingstag. Wir liefen über die Wiese, sprangen über den Bach und erreichten eben noch den Bus. Das fortwährende Hupen des Fahrers machte mich nervös. Mir kam die Straße noch schmaler vor als auf der Hinfahrt, immer hatte ich das Gefühl, daß zwei Räder bereits über dem Abgrund schwebten, ich mußte Friedrich Georg bitten, den Platz mit mir zu tauschen, weil mir schwindlig wurde. Ich hatte Kopfschmerzen, und der Hals tat mir weh, ich fror und war gereizt.

Friedrich Georg machte den ungeschickten Versuch, mich aufzuheitern. Als wir wieder an der Felsgrotte waren, in der vor vier Stunden noch die Räuber gehaust hatten, an die er mich verkaufen wollte, da sagte er mit sichtlichem Bedauern, unter diesen Umständen würde er mich leider nicht loswerden. Ich tauge nämlich nicht zur Räuberbraut. Ich fand ihn albern. Aber als er dann den Grund nannte: Er gedachte mich zu behalten, denn es wäre doch immerhin möglich, wenn man mir ein Aspirin gebe und einen Strumpf um den Hals wickle und eine Wärmflasche ins Bett lege – wie er das sagte, das war eigentlich sehr nett und klang auch ganz besorgt, und darum gedachte ich, ihm ebenfalls etwas Gutes zu sagen, und lobte seinen Vers. »Hübsch ist das: ›Vorher waren es Rosen, getränkt von Tränen und Tau.‹«

Als wir in Locarno ankamen, fühlte ich mich ziemlich elend. Ich hatte wahrscheinlich schon Fieber. Die fünfhundertzwanzig Stufen zu meinem Haus konnte ich nicht mehr schaffen. Wir nahmen uns ein Taxi. Vorher hatte ich schnell die Abfahrtstafel der Busse angesehen und festgestellt, daß Albrecht und Lotte schon vor uns angekommen waren. Wir ließen uns an einer Apotheke vorbeifahren und kauften alles, was gegen eine Halsentzündung nur irgend gut sein konnte. Im Auto hat Friedrich Georg den Arm um mich gelegt. »Enttäuscht?« fragte er.

Ich habe geschwiegen. Es ist gar nicht leicht, darauf eine Antwort zu finden. Er hat weiter gefragt: »Was hast du erwartet?«

Ich fand ihn einfach komisch. So etwas fragt man doch nicht, das geht gegen jede Spielregel. Aber ich wollte natürlich den beiden anderen gern zeigen, wie hübsch es bei uns gewesen war. Darum lachte ich, strich schnell mit dem Handrücken über seine Wange und sagte: »Also bestimmt nicht, daß du dichten würdest!« Er hat meine Hand genommen und sie geküßt. »Vergiß nicht, Susanne, daß etwas bleiben wird von diesem Tag. Bleiben – wenn du weißt, was das heißt.«

Und ich habe genickt. Er hat ja recht. Bleiben – das ist mehr als dieses Heute, zu dem ich offensichtlich nicht annähernd soviel Talent besitze, wie ich mir eingebildet hatte. Tränen und Tau – ein paar Zeilen in einem Gedicht, das ist schließlich gar nicht so wenig, besser jedenfalls als ein schlechtes Gewissen.

Es war dunkel, als wir die Treppe zur Casa Susanna hinunterstiegen. Albrecht hatte die Lampe am Haus nicht eingeschaltet, und da wußte ich eigentlich schon Bescheid.

Friedrich Georg stand mal wieder unter dem blühenden Lorbeerbaum und dachte nach, vielleicht dichtete er auch schon wieder, was weiß denn ich.

Die beiden waren noch nicht da.

Ich ging durchs Haus und schaltete alle Lampen ein. Den Dichter ließ ich die Fensterläden schließen. ›Die Nacht aussperren‹ nannte er das, er hatte einen überaus poetischen Tag. Inzwischen machte ich mich daran, das Feuer im Kamin anzuzünden. Ich vergaß, den Rauchschieber aufzuziehen, und war wütend auf Albrecht, weil er es nicht getan hatte, als er den Kamin saubermachte. Schließlich war es eine Kleinigkeit, morgens daran zu denken. Es gab einen fürchterlichen Qualm, ich hustete, und Friedrich Georg gab Sentenzen von sich, nicht einmal eigene: »Betrunken muß man sein, verrückt oder verliebt, wenn man einen Ofen anmachen will.« Ich sagte ärgerlich, daß er mir dann etwas zu trinken holen solle, aber noch besser sei es, wenn wir Petroleum über das Holz gössen. Als wir endlich unter den Vorräten von Simonetti die Petroleumflasche gefunden hatten, war mir auch der elende Rauchschieber eingefallen, und dann zog der Kamin, und das Feuer brannte von selbst.

Ich ging in die Küche und machte das Abendbrot fertig. Wir rückten den Tisch vor den Kamin; die beiden würden ebenfalls durchfroren zurückkommen. Ich hatte die besten Vorsätze. Ich wollte nichts fragen, wollte unbefangen sein, tolerant und voller Verständnis, und außerdem wollte ich meinem Mann zeigen, wie gut ich mich mit anderen Männern verstand. Charmant würde ich sein. Dabei tränten mir die Augen, die Nase lief, und die Halsschmerzen wurden von Stunde zu Stunde schlimmer. Ich schluckte Tabletten und zog mir einen von Albrechts geräumigen Pullovern an. Den braunen, von dem ich weiß, daß er mir gut steht. Friedrich Georg fragte, ob es nicht besser sei, wenn ich mich hinlegte, aber ich wehrte mich entschieden und starrköpfig.

Wir waren fertig mit dem Essen, ich räumte den Tisch ab. Sollte Lotte sich selbst darum kümmern, falls sie noch nicht gegessen hatten. Friedrich Georg fand, es sei ein Abend für Kerzen. Gut, also Kerzen. Stimmung. Wir saßen und warteten. Wir tranken erst einmal einen Whisky, den Friedrich Georg aus seinem Zimmer holte; später erst hat er angefangen zu mixen. Was er genommen hat, weiß ich nicht, aber es muß eine ganze Menge von dem gegorenen Wein aus dem vorletzten Herbst dabeigewesen sein, aus den Flaschen, die ich im Vorratsraum aufhebe. Ich hatte damals versucht, den Wein von der Pergola selbst zu keltern. – Es schmeckte gar nicht einmal schlecht, nur ein wenig klebrig. Ich fror immer noch, deshalb hielt ich meine nackten Füße ans Feuer. Der Dichter deklamierte Conrad Ferdinand Meyer; er war da schon nicht mehr ganz nüchtern:

»Er träumt. ›Gesteh!‹ Sie schweigt. ›Gib ihn heraus!‹ Sie schweigt. Er zerrt das Weib. Zwei Füße zucken in der Glut.«

Es klang sehr unheimlich. Aber ich lachte. Er hatte meine Füße in seine Hände genommen und spielte mit meinen nackten Zehen, und ausgerechnet da klingelte das Telefon.

Es war mein Mann. Der Bus hatte eine Panne. Achsenbruch oder irgend so etwas. Es schien ein Tag für Autopannen zu sein. Es liege Schnee in Indemini, sie könnten nicht fort. Ich müsse das verstehen, es sei nicht seine Schuld. Sie kämen zurück, sobald sich eine Gelegenheit böte.

Jedesmal, wenn er eine kurze Pause machte, sagte ich, was alle anderen Frauen in der gleichen Situation auch gesagt hätten: »Aber natürlich, mein Lieber!« – »Wie unangenehm!« – »Hoffentlich findet ihr eine Unterkunft.« – »Das macht doch gar nichts, ich bitte dich!«

Natürlich habe ich erwähnt, daß es sehr hübsch war, daß wir gemütlich am Kamin säßen und etwas zu trinken hätten und Friedrich Georg mir Gedichte vorlese, und dann habe ich ihnen eine gute Nacht gewünscht und zum Schluß noch erwähnt, daß ich vielleicht am nächsten Tag mit Friedrich Georg auf die Cardada fahren würde – falls wir also nicht dasein sollten, wenn sie zurückkämen –, aber natürlich nur, wenn ihm das recht sei. Friedrich Georg wolle gern einmal mit der Funicolare fahren, und er müsse die Zeit doch nutzen.

Albrecht hat bestimmt genausooft »natürlich« und »selbstverständlich« gesagt wie ich. Was ich ihm nicht erzählt habe, ist, daß der Bus aus Indemini bereits vorm Bahnhof in Locarno stand, als wir dort ankamen. Ich hab's auch Friedrich Georg nicht gesagt, wahrscheinlich hat er nicht darauf geachtet. Ich wollte mich nicht mit ihm gegen meinen Mann verbünden, das finde ich nicht anständig. Die Situation war auch so schon schwierig genug.

Ich hatte den Hörer aufgelegt und kam zurück, setzte mich wieder in den Sessel, streckte ihm meine Füße hin und befahl: »Weiter!«

Er sah mich verständnislos an.

»Die Füße im Feuer!«

Ich wiederholte die letzten Zeilen:

»Er träumt. ›Gesteh!‹ Sie schweigt. ›Gib ihn heraus!‹ Sie schweigt. Er zerrt das Weib. Zwei Füße zucken in der Glut.«

Und dann streckte ich meine Füße in die Flammen. Es war verrückt. Ich benahm mich hysterisch. Friedrich Georg packte mich sofort bei den Knien und zog mich vom Feuer fort. Ich hatte mir nicht einmal die Haut angesengt, nur mein Rock war in die Glut geraten, das merkten wir aber erst, als es nach verbrannter Wolle roch.

Albrecht hätte mit mir geschimpft, wie immer, wenn er sich aufregt, aber Friedrich Georg weiß, wie das ist, wenn man die Nerven verliert. Er holte uns ein paar Kissen, und wir setzten uns auf die Kaminstufen, dicht beieinander. Er legte den Arm um mich, wir sahen ins Feuer, wir rauchten, wir tranken weiter. Einmal sagte er: »Du bist ganz heiß. Wir müßten feststellen, ob du Fieber hast«, und dann holte er Aspirin, und ich schluckte drei Tabletten.

Es war längst Mitternacht vorbei, als er aufstand. »Wir sollten schlafen gehen.«

Ich wiederholte: »Wir sollten schlafen gehen – sollten wir wirklich?«

Er sah zu mir herunter. »Komplizier die Situation nicht!«

»Du hältst es also auch für eine ›Situation‹?«

Er tat jetzt ganz ernst, vielleicht war er's sogar. »Das weißt du sehr genau.«

Ich blieb da unten auf den Stufen sitzen, und er lehnte wieder am Kaminsims.

Vielleicht war es ungeschickt von mir, von ›meinem Mann‹ zu sprechen, ich hätte wenigstens ›Albrecht‹ sagen sollen. Immer stolpere ich über die Possessiva. Ich habe auch gar nicht viele Erfahrungen in ›Situationen‹. Friedrich Georg versuchte, die Sache komisch zu finden. Aber die Natur hat ihn schlecht für die Komödie ausgestattet, er wird dann pathetisch, und das nimmt einem jegliche Stimmung. Schließlich wurde ich auch noch ärgerlich, und dann mußte ich lachen, als er mir auseinandersetzte, daß es für ihn ›als Mann und Dichter‹ ein unendlich tiefes Erlebnis sei, eine Frau virtuell, also nur geistig, oder auch seelisch, so genau wollte er da die Grenze nicht gezogen wissen, gewissermaßen im Traum zu besitzen. Die Wirklichkeit vergröbere alles, enttäusche immer.

Ich habe ihm auf das entschiedenste untersagt, mich im Traum zu besitzen; entweder – oder, aber virtuell auf gar keinen Fall.

Ich glaube, wir waren sehr komisch. Ich weiß auch keinesfalls, wie das alles ausgegangen wäre, wenn nicht Friedrich Georg auf seiner heißen Milch mit Honig bestanden hätte. Heiße Milch mit Honig ernüchtert jede Frau. Das Aspirin tat seine Wirkung, vielleicht auch der Alkohol oder das Fieber, jedenfalls war ich nicht mehr sicher auf den Beinen, als ich Friedrich Georg in die Küche folgte, wo er bereits am Herd hantierte. Ich habe mich dort von ihm verabschiedet, ich habe ihm in aller Form erklärt, daß es zu den Spielregeln, den Faustregeln gewissermaßen, im Umgang der Geschlechter gehöre, daß der Mann der Frau die Chance gebe, nein zu sagen. Als ich mit meiner Rede fertig war, kochte seine Milch gerade über. Ich hatte das Gefühl, mir einen großartigen Abgang verschafft zu haben, ließ ihn mit seiner angebrannten Milch allein in der Küche zurück und ging in mein Zimmer. Einen Augenblick stand ich noch vorm Spiegel – daran erinnere ich mich genau –, ich betrachtete mich, hatte die Flasche mit der Gesichtsmilch schon in der Hand, stellte sie aber wieder fort und sagte: »Lohnt nicht.« Ich war wieder einmal fest entschlossen, die ganze Nacht vor Kummer kein Auge zuzutun. Ich wollte über meine Zukunft nachdenken. Ich wollte an meinen armen Jungen denken. Ich wollte eine Bilanz über mein bisheriges Leben machen, und wieder einmal schlief ich trotz der Halsschmerzen und trotz des Kummers gleich ein.

Irgendein Geräusch muß mich bald darauf wieder aufgeweckt haben. Ich lag und horchte und hatte Herzklopfen. Friedrich Georg mußte noch wach sein. Er schien im Zimmer auf und ab zu gehen. Nach einer Weile wurde es still nebenan, ich hörte, wie er die Balkontür aufmachte, oder machte er sie zu? Vielleicht saß er jetzt und schrieb? Vielleicht blieben von diesem Tag mehr als zwei Zeilen, als Rosen, Tränen und Tau?

Ich stieg aus meinem Bett, schlich leise zur Tür, ich hatte ein bißchen Angst, er könnte mich hören, und war natürlich auch neugierig, was er tun würde, wenn er mich hörte, und welche Schlüsse er daraus ziehen würde. Ich tastete mich zur Tür von Rainers Zimmer, drückte vorsichtig die Klinke hinunter, schaltete das Deckenlicht ein. Das Zimmer war unaufgeräumt. Ich habe eine Abneigung gegen die Unordnung anderer Frauen. Es roch nach Chanel Nr. 5, auch nicht übermäßig originell, und auf dem Bett und den Hockern lagen Wäschestücke. Ich stolperte über einen Schuh, der mitten im Zimmer stand, einen ihrer roten Zoccoli. Ich horchte, nebenan blieb es still. Ich ging zum Regal und holte mir den alten braunen Plüschbären, den Rainer so liebt und den wir im Herbst beim Einpacken vergessen hatten. Den Winter über habe ich meinem Jungen an jedem Abend Geschichten von seinem Pepi erzählen müssen und was der nun alles erlebt hier unten im Tessin. Ich bin eine Spezialistin für Bärengeschichten.

Lotte sagt zu Albrecht ›mein Brummbär‹. Wahrscheinlich hatte ihn schon seine erste Frau so angeredet, und auch ich hab's getan, und er war zu feige, es zu sagen, und schnurrt und brummt, als hörte er's zum ersten Male –

Wir hatten Rainer fest versprochen, ihm seinen Pepi mitzubringen, und eigentlich hat er uns nur fortgelassen, damit wir ihn nach Hause holen; daß wir mit Pepi durch den Eisenbahntunnel gefahren sind, darf ich gar nicht erzählen. Er denkt, wir sind die ganze Strecke mit dem Auto gefahren, und Auto fahren ist gar nichts Besonderes, seine ganze Bewunderung gilt der Eisenbahn. Den Pepi nimmt er abends zum Einschlafen mit ins Bett. Ich habe das auch getan. Es ist nämlich mein Bär, und er ist schon fast so alt wie ich. Nur sieht man ihm sein Alter mehr an. Er ist ganz strapaziert von so viel Zärtlichkeit.

Ich habe die Schuhe ordentlich unters Bett gestellt, das Licht ausgemacht und bin zurück in mein Zimmer geschlichen, den Bären unterm Arm, und habe ihn mit ins Bett genommen. Bei der ersten Ansprache, die ich ihm hielt, war er Rainer, und bei der zweiten war er Albrecht; ich habe sogar an Marion gedacht, was ich die ganzen Jahre über vermieden habe. Und dann fiel mir ein, daß mein Mann mich eines Abends wegen dieses Bären ausgelacht und gesagt hat, ich sei noch ein richtiges Kind, und daß ich ihm dann auseinandergesetzt habe, ich sei doch wohl erwachsen genug, um mir solche Rückfälle leisten zu können, und der kleine Bär sei ja auch nur der Ersatz gewesen für den größeren, den ich früher nicht gehabt habe, und ich läge nun mal nicht gern so ganz allein im Bett, und ungesund sei das auch.

So vieles ist mir eingefallen in jener Nacht. Ich hatte gar keine Zeit, an Indemini zu denken und an das, was dort vielleicht geschah. Ich war nicht einmal überzeugt – trotz jenes ›alter Brummbär‹ in dem Brief –, daß man das miteinander vergleichen könne, meine ersten Jahre mit Albrecht und diese Episode mit Lotte oder was das nun war.

Der Morgen dämmerte schon, als ich endlich wieder eingeschlafen bin.

Man kann am Abend sehr viel gegen heiße Milch mit Honig einzuwenden haben, aber wenn sie einem morgens ans Bett gebracht wird, findet man sie herrlich.

Friedrich Georg erschien in meiner Balkontür. Er hatte ein Tablett in der Hand mit dem Glas und daneben eine weiße Blütendolde des Rhododendrons, der über den Zaun unseres Nachbarn wächst. Liebhaber, hat er gesagt, nähmen immer den Weg über den Balkon. Ich habe das eingeschränkt: »Nur des Nachts und nie am hellen Morgen«, während ich noch schnell versuchte, den Bären unter der Decke zu verstecken. Aber es war schon zu spät. Friedrich Georg zog ihn an seinem lädierten linken Ohr hervor und sagte: »Mit dem hast du mich also betrogen.«

Ich hustete erst mal ein bißchen, aber dann habe ich ihn beruhigt: »Es ist ein ganz platonisches Verhältnis.« Ich lächelte oder versuchte es wenigstens und fügte noch schnell hinzu: »Virtuell, weißt du.« Er war ganz ernst und sagte: »Das sind die schlimmsten – sie enden eigentlich nie.« Und wie er mich dabei ansah, das war – ja, ich glaube, da war wohl wirkliche Liebe in seinem Blick, und ich begriff, daß er viel echter ist, als ich es wahrhaben wollte.

Er machte das sehr hübsch und galant und beinahe unbefangen. Er war bereits ganz korrekt angezogen. Mit Krawatte. Sie erschien ihm für einen solchen Morgenbesuch wohl passend. Er gefiel mir wieder sehr gut. Vor allem in den Details. Genau wie früher. Er nahm auf meinem Bettrand Platz, er pustete auf die Milch, die noch sehr heiß war, er wickelte mir den Schal ordentlich um den Hals. Ich mußte die Zunge herausstrecken, und er befahl: »Sag ah!« Ich sagte nicht nur »Aaah«, sondern: »Wer A sagt, muß auch B sagen.« Und weil ich dachte, daß es besser sei, darüber zu reden, habe ich ihn gefragt, ob ich sehr weit gekommen sei mit dem Alphabet am Abend. Er meinte, so etwa bis G. »Aha, bis Geh –«, sagte ich, entschuldigte mich aber gleich, bekam einen Kuß und warnte ihn: »Vorsicht, das ist an steckend.«

Ich glaube, seitdem ist zwischen uns alles in Ordnung. Der Kuß hat unsere Freundschaft besiegelt und das beendet, was vorher noch immer im Bereich des Möglichen lag. Er hatte mich beschämt, aber ich nahm es ihm nicht übel. Alles war meine Schuld. Ich hätte ihm diese Ferien nicht zumuten dürfen. Für ein Spiel war er zu schade, und auch unsere Freundschaft war zu schade dafür. Von einem gewissen Alter an ist man verpflichtet, fair zueinander zu sein, auch als Frau.

Friedrich Georg hatte den zotteligen Bären auf dem Schoß. Ich hockte mit hochgestellten Knien im Bett, den blauen Schal um den Hals gewickelt und das Glas mit der heißen Milch in den Händen; da klopfte es, und Tante Be erschien. Tante Be ist der einzige Mensch, den ich kenne, dem man eine solche Situation zumuten kann, aber selbst sie schien sie nicht für ganz korrekt zu halten. Sie zog ein wenig die Augenbrauen hoch und meinte, es sei doch wohl richtiger, abends die Terrassentür abzuschließen.

Nur gut, daß es nicht Albrecht war, der das gemerkt hatte. Er schließt sonst jeden Abend ab, und Friedrich Georg hatte offensichtlich über seinen Meditationen den Riegel an den Holzläden vergessen. Er räumte den Platz auf meinem Bettrand für Tante Be und zog sich auf einen etwas entfernt stehenden Stuhl zurück. Den Plüschbären setzte er rittlings auf meine Steppdecke.

Ich trank jetzt meine Milch und war vollauf damit beschäftigt. Mochten die beiden zusehen, daß eine Unterhaltung zustande kam, ich war krank.

Tante Be bekam ebenfalls Lust auf heiße Milch mit Honig. Ich sagte ihr, daß es ein Schlaftrunk für Dichter sei und bei normalen Menschen nur bei Halsentzündung anzuwenden –

Aber sie bestand darauf, und Friedrich Georg verstand den Wink sofort; er schien ganz gern das Feld zu räumen. Ich hatte gar keine Lust auf Fragen. Aber ich brauchte nur in Tante Bes Gesicht zu sehen, um ganz genau zu wissen, daß mir keine Ausflüchte etwas helfen würden.

»Was ist hier eigentlich passiert?«

»Passiert? Tante Be, im Sinne des sechsten Gebotes ist hier« – ich betonte ausdrücklich hier – »nichts passiert, wenn du das meinst.«

»Das«, sie betonte es gleichfalls, »meine ich nie. Ich halte das nicht für das Wichtigste, was nicht besagt, daß ich es billigen würde – in deinem Falle. Ich fände es außerdem schade um« – sie zeigte mit dem Kopf in die Richtung, in der Friedrich Georg verschwunden war.

Ich richtete mich auf. So krank war ich nicht, daß ich mich gegen derartige Äußerungen nicht mehr hätte wehren können.

»Tante Be! Du hast einfach keine Ahnung, was bei ihm passiert ist, virtuell, meine ich. Das hat er mir heute nacht gestanden. Seine geistigen Abenteuer lassen seine leiblichen weit hinter sich.« Nach dieser Darlegung der Geschehnisse ließ ich mich befriedigt wieder ins Kissen sinken.

»Und das nimmst du ihm übel, Suschen, so ist es doch?«

Es war schwer, mit ihr zu reden. Was sollte ich tun, ich mußte es wohl oder übel zugeben. »Ein bißchen schon. Aber dafür hat er gedichtet, und das Unsterbliche ist ja sicherlich wichtiger als das Sterbliche und das Allzusterbliche. Vergiß außerdem nicht, daß ich krank bin.«

»Das ist weitgehend Theater, Suschen.«

»Ich habe Halsschmerzen, wenn du das mit Theater meinst. Und sag doch nicht Suschen zu mir, Tante Be, ich bin schließlich nicht mehr zwölf! Du kannst dir ja meinen Hals mal ansehen, dann weißt du, was los ist.« Ich riß den Mund auf und machte »Ah –«, aber dann fiel mir ein, daß ich das eben erst Friedrich Georg vorgeführt hatte; ich klappte den Mund wieder zu und sagte: »G«, und es klang wieder wie »Geh!«, und darum fügte ich rasch hinzu: »Nein, bleib, bleib bloß bei mir, Tante Be.«

»Wenn ich gehen wollte, liebes Kind, hätte ich nicht erst zu kommen brauchen. Was ist los? Du willst doch darüber reden.«

»Natürlich will ich darüber reden. Ich kann nur nicht. Du hörst doch, meine Stimme ist völlig weg.«

Ich krächzte heiser.

Tante Be stand auf und ging zur Balkontür. Sie zog die Vorhänge zurück, es war ein strahlender Tag. Die Sonne schien weit ins Zimmer und reichte bis zum Fußende meines Bettes, ich streckte die Füße unter der Decke hervor in die Sonne. Tante Be öffnete nun auch noch die Balkontür. Dann kam sie zurück und ergriff den Plüschbären. »Was tut der hier?«

Ich gab mir sehr viel Mühe, ihr das zu erklären. Ich sei so allein gewesen und so krank und elend und überhaupt, alles sei so schrecklich –

Sie machte sich gar nichts aus meinen Tränen. Sie fragte unbeirrt weiter: »Wo war dieser Bär? Du willst mir doch nicht erzählen, daß du dieses Vieh im Koffer mitgebracht hast?«

»In Lottes Zimmer. Ich meine, da, wo sonst Rainer schläft.«

»Sehr gut! Weiter.«

»Nichts weiter.«

»Willst du mir vielleicht endlich sagen, was gestern los war und wo die beiden« – sie sagte ganz einfach ›die beiden‹ und nannte Albrecht und diese Person in einem Atemzuge – »stecken?«

Ich schluchzte laut auf und brachte »Indemini« kaum heraus.

Sie wiederholte zunächst verständnislos: »Indemini? Willst du damit sagen, daß die beiden dorthin gefahren sind, allein?«

»Ja.« Ich nickte. »Eben. Aber ich habe sie geschickt.«

»Und wo wart ihr?«

»In Bosco Gurin, nein, in Palagnedra.«

»Gut!« Tante Be schien ganz begeistert zu sein. »Was für ein kluges Arrangement! War es wenigstens hübsch?«

»Doch«, sagte ich, »hübsch war es schon. Und ein Gedicht haben wir auch gemacht, mit Moder, Rosen und Tau und all so was.«

»Aha. Und ihr seid abends treu und brav zurückgekommen und die anderen nicht?«

Ich nickte. »Genau so.« Aber der Ehrlichkeit halber fügte ich hinzu, daß Albrecht angerufen und sich entschuldigt habe und daß er überhaupt nichts dafür könne. Es liege nämlich noch Schnee in Indemini, und der Omnibus sei nicht durchgekommen. Daß der Omnibus unten am Bahnhof stand und ich ihn selber gesehen hatte, das habe ich nicht gesagt. Albrecht ist schließlich mein Mann, und was sollte sie von ihm denken.

Tante Be dachte sich sowieso ihr Teil dazu, und dann sagte sie: »Sehr unangenehme Sache für deinen Albrecht.«

Das verschlug mir nun vollends die Sprache. »Was sagst du? Eine unangenehme Sache für Albrecht? Ein gefundenes Fressen – Verzeihung!«

»Du kannst viel drastischer sein, als ich dir zugetraut habe, Suschen, du solltest öfter mal deine gute Erziehung vergessen.«

»Sei nicht so streng mit mir, Tante Be. Ich bin unglücklich, siehst du das denn nicht?«

»Du meinst, unglücklich sein zu müssen«, korrigierte sie.

Ich weinte wieder ein bißchen; niemand verstand mich, nicht einmal sie. Woher sollte sie auch wissen, wie das ist. Sie war ja nie verheiratet.

»Scheußliche Vorstellung für deinen Albrecht: Ihr beide hier allein, mit den schönsten und bequemsten Möglichkeiten. Männer sind in ihren Vorstellungen sehr real. Er weiß, wie dekorativ dein Dichter am Kamin wirkt, und hat, wenn mich nicht alles täuscht, eine gar nicht so unbegründete Abneigung gegen Dichter; die sind nämlich imstande und verführen einem die eigene Frau, ohne daß etwas passiert. Nur so. Nur so mit Worten, mit Stimmungen. – Kindchen, ich weiß doch, was los ist! Du bist die einzige, die es offensichtlich nicht sieht. Du bildest dir ein, deinen Mann auf die Probe zu stellen, und er denkt, er stellt dich und deinen Dichter auf die Probe. Es sollte mich gar nicht wundern«, sie überlegte, »doch, ich halte es für möglich, Männer tun so etwas. Und hinterher wundern sie sich, wenn sie betrogen werden. Erst prahlen sie mit der Schönheit und der Tugend ihrer Frauen, und dann wollen sie eine Bestätigung für beides, von einem anderen Mann, und je schöner und je klüger und sympathischer der ist, um so mehr fühlen sie sich in ihrem Besitz bestätigt.«

»Tante Be, du weißt ganz genau, daß Albrecht nicht so kompliziert ist. Es geht ihm um diese Lotte, das ist alles.«

»Das ist nicht kompliziert, das ist männlich, nichts weiter.«

Ich wiederholte: »Männlich und nichts weiter! Ist das alles, was du mir zu sagen hast? Albrecht soll eifersüchtig sein? Warum denn?«

»Und warum bist du es?«

»Ich habe allen Grund, Tante Be, das kannst du mir glauben. Immerhin habe ich einen Brief von ihr gesehen, und der reicht als Beweis völlig aus. Im übrigen brauchst du nicht zu denken, daß ich in seinen Taschen spioniere. Er hat mir den Brief selbst in die Hand gegeben.«

Jetzt war Tante Be ehrlich überrascht. »Einen Brief von Lotte? Ein gewiefter Jurist, der mit Indizien des 19. Jahrhunderts hantiert?«

Ich fügte lakonisch hinzu: »Er war betrunken, und das passiert eben auch einem gewieften Juristen im 20. Jahrhundert, er hat einfach aus Versehen den Brief aus der Tasche gezogen.« Ich überlegte, ob ich ihr die Geschichte von dem Zeitungsroman und der

Edith erzählen sollte und daß dadurch ja erst alles ausgelöst worden sei – aber dann schien mir das so schwer zu erklären, ich war auch einfach zu faul dazu, und so sagte ich nur noch einmal nachdrücklich: »Der Brief fing mit ›Alter Brummbär!‹ an, ich habe also allen Grund, auch wenn du es nicht glaubst – und den Brief habe ich nicht weitergelesen, die Anrede hat mir genügt.«

»Und dein Mann hat auch allen Grund, das kannst du mir glauben. Man bringt nämlich keine Freunde oder Vorgänger, oder was nun Friedrich Georg bei dir war oder ist, mit in die Ehe. Sie gehören nicht zur Aussteuer einer Frau!«

»Albrecht brachte immerhin noch mehr mit!«

»Aber eine legitime Vergangenheit, das ist etwas ganz anderes.«

»Ich sehe darin wirklich keinen Unterschied, Tante Be, wir sind moderne Menschen. Er war doch schon einmal verheiratet und hatte die Frau und den Sohn. Und ich – ich hatte niemanden!«

»Mit anderen Worten, du warst ganz auf deinen Mann angewiesen, und das war dir zu riskant. Du dachtest, Friedrich Georg sei so etwas wie eine Lebensversicherung...«

Auf dieses Stichwort hin öffnete sich die Tür, und Friedrich Georg kam mit der heißen Milch. Tante Be beeilte sich, ihm zu sagen, daß es sehr rasch gegangen und daß sie ihm dankbar sei. Sie hatte es sich anders überlegt, sie wollte die Milch lieber unten trinken und nicht meine Bazillen mitsamt dem

Honig zu sich nehmen. Es sei sowieso besser, wenn ich jetzt noch ein bißchen weiterschliefe, vielleicht hätte ich auch allerlei, worüber ich in Ruhe nachdenken wollte. Sie nahm den Bären, drückte ihn mir in den Arm und sagte: »Denk an dein Kind, und überlaß das andere erst mal mir.« Sprach's, stand auf, gab Friedrich Georg einen Wink und verschwand mit ihm.

Ich lag und dachte nach.

Ich beschloß, es meinem Mann nicht schwerzumachen, wenn er wiederkam. Nur keine Szenen, das haßt er. Ich überlegte, ob ich zu Tante Be ziehen könnte, für die erste Zeit wenigstens. Friedrich Georg –? Für den würde sich irgendwo ein Zimmer finden, wenn er unter diesen Umständen überhaupt bleiben wollte, es gab genug Hotels in Locarno, während des Regenwetters waren viele Gäste abgereist. Außerdem hatte Tante Be Freunde in Ronco, die entzückt sein würden, einen lebenden Dichter zu Gast zu haben. Dann konnte Albrecht mit Lotte hierbleiben. Man mußte eben sehen, was daraus wurde. Manchmal kurieren sich solche Affären aus, man muß den Betroffenen nur Gelegenheit zur Kur geben. Aber: es ist eine Roßkur für die anderen. Ich mußte es riskieren.

Natürlich konnte ich auch gleich nach Hause fahren. Ich hatte schon lange Sehnsucht nach Rainer. Die Eltern würden sich freuen, doch, freuen würden sie sich, aber fragen würden sie auch. Vater vielleicht nicht, aber Mutter erwartet immer Vertrauen von mir, Geständnisse. Sie hat, seit sie älter geworden ist, eine richtige Leidenschaft für Geständnisse. Wenn sie wieder einmal jemanden dazu gebracht hat, ihr sein Herz auszuschütten, dann beklagt sie sich nachher bei mir, daß man immer ausgerechnet zu ihr komme und von ihr Rat erwarte. Man hält sie für eine erfahrene und hilfsbereite Frau. Ich wollte aber keineswegs zu den Lebenserfahrungen meiner Mutter noch mehr beitragen, als ich's schon getan habe. Was sollte ich ihr sagen, warum Albrecht allein hiergeblieben war? Wir haben uns noch nie getrennt, seit wir verheiratet sind.

Ich weiß nicht, woran Albrechts Ehe gescheitert ist. Ich habe nie mit ihm darüber gesprochen. Ich wollte es nicht wissen. Ich glaube gar nicht, daß ich der einzige Anlaß war. Damals habe ich Angst gehabt vor der Wahrheit und Angst vor seinen Lügen.

Seit dem Morgen, an dem ich dalag und auf seine Rückkehr aus Indemini wartete, weiß ich, daß nichts so schlimm ist wie die Unsicherheit; wenn man Wahrheit und Lüge nicht unterscheiden kann. Ich dachte: Lügt er mich heute an um Lottes willen, wie er damals um meinetwillen seine Frau angelogen hat? Das ganze Elend war wieder da. Und noch etwas anderes kam dazu. Albrecht war ein erfahrener Anwalt, erfahrener noch als damals. Würde er ein zweites Mal die Schuld auf sich nehmen? Das tat kein Jurist. Vielleicht hatte er es mit Vorbedacht so eingefädelt, daß Friedrich Georg mit mir allein im

Hause blieb – war das nicht schon Grund genug zur Klage gegen mich, auf Ehebruch? Und – viel hat ja auch gar nicht gefehlt. Ohne meinen Schnupfen, ohne die Gedichte, wer weiß, was passiert wäre –

Ich stamme aus einer Juristenfamilie, ich bin es von klein auf gewohnt, daß man über die ›juristischen Folgen‹ einer Handlung nachdenkt. Außerdem hatte ich schon vier Semester eigenes Studium hinter mir, bevor ich Albrechts Sekretärin wurde. Ich wollte, ich hätte mein Studium nicht abgebrochen, dann wäre heute alles einfacher für mich! Als wir endlich heiraten konnten, hat mein Vater gesagt: »Erstaunlich, ein Anwalt, der in eigener Sache die Schuld auf sich nimmt. Er scheint ein Kavalier zu sein, oder aber: es liegt ihm sehr viel an dir.«

Konnte ich mit seiner Großzügigkeit rechnen? Oder mußte ich damit rechnen, weil ihm so viel an Lotte lag wie damals an mir? Hatte ich ihn so sehr enttäuscht? Was suchte er denn bei ihr, das ich ihm nicht gegeben habe? Was hat er vermißt? – Man muß nur lange genug nachdenken, dann sucht man immer die Schuld bei sich und findet sie auch. Die einzige Rettung davor ist, daß man sich meist nicht die Zeit zum ernstlichen Nachdenken nimmt.

Tante Be und Friedrich Georg schienen in den Liegestühlen zu liegen. Ich hörte sie leise miteinander reden, verstehen konnte ich nichts.

Es ging auf Mittag. Mein Mann und Lotte waren noch nicht zurück. Wie er mir das erklären wollte, darauf war ich gespannt! Wir leben nicht mehr im Mittelalter, ein kleines Tessiner Dorf ist im April nicht tagelang vom Verkehr abgeschnitten.

Aber: keine Szene! Ich war entschlossen, dem Mädchen zu zeigen, daß man verlieren konnte, ohne geschlagen zu sein.

Während ich oben in meinem Bett lag und über alles nachdachte, hatte Tante Be mit Friedrich Georg gesprochen. Worüber, hat keiner von beiden mir gesagt, aber es gehört wirklich nicht viel Phantasie dazu, sich das vorzustellen. Sie hat – so ganz nebenbei – ein sehr hübsches kleines Bild gemalt. Eine Rötelzeichnung mit dem Lorbeerbaum, der Quelle und dem Umriß von Friedrich Georg. Sie hat mir das Blatt geschenkt, am Tag unserer Abreise.

Später kam sie dann in mein Zimmer, um sich nach meinem Befinden zu erkundigen. Sie brachte mir ein Glas Fruchtsaft, den ich bereitwillig trank, und ein paar Stück Schokolade bewilligte sie mir auch. Aber als ich ihr sagte, daß ich von Obst und Süßigkeiten immer ein so dringendes Verlangen nach einem Steak verspürte, befahl sie energisch: »Steh auf! Du bist gar nicht krank, und für einen gewöhnlichen Schnupfen ist frische Luft das beste. Leg dich in den Liegestuhl auf die Terrasse und pack dich warm ein. Ich tue das auch, und dann warten wir das ab.«

Und da lagen wir dann und warteten das ab.

Ich blinzelte in die Sonne. Manchmal schielte ich zu Tante Be, die links von mir lag. Schließlich entschloß ich mich zu fragen: »Wo ist eigentlich Friedrich Georg?«

»Ich habe ihn zum Essen nach Locarno geschickt. Er hat meinen Schlüssel, er kann bei mir in Ruhe arbeiten. Er hat mir ein paar Gedichte gezeigt.« Sie deutete an, daß er vermutlich eines Tages einen Band mit Tessiner Elegien veröffentlichen würde, und ich brummte vor mich hin, man wüßte doch nie, wozu so etwas gut sei. Ich war tief befriedigt. Ich hatte durchaus das Gefühl, mitschuldig an diesen Gedichten zu sein. Vielleicht würde er mir den Band widmen, mit Namen und Datum und Dank.

Später habe ich gefragt, ob er denn nicht wieder hierher käme.

»Nein«, sagte sie, einfach nein, als sei es ganz selbstverständlich, daß sie meine Gäste zu sich holte. »Du mußt doch zugeben, daß dies keine Atmosphäre für einen Lyriker ist, Suschen! Allenfalls für einen...«

»Kolporteur.«

»Ganz recht. Für einen Romancier, aber für einen schlechten.«

»Danke, Tante Be. Großartig, deine Medizin. Höllenstein, wie?«

Dann schwiegen wir wieder eine Weile.

Am frühen Nachmittag liegt der Treppenweg von Locarno nach Orselina in der Sonne. Es ist dann sehr warm, der Berg speichert die Hitze des ganzen Tages. – Gegen vier Uhr etwa knarrte die Gartentür. Es war Albrecht. Er kam allein. Tante Be mußte ihn schon früher gesehen haben, sie war auf einmal verschwunden. Er kam gleich ums Haus und setzte sich neben mich auf die niedrige Mauer, und ich hörte, daß er beim Atmen wieder dieses kleine pfeifende Geräusch machte. Er war erhitzt. Ich sah ihn an, und mit einem Male sah ich – was ich nie vorher gesehen hatte –, daß er so viel älter war als ich, und dann sah ich ihn vor mir, wenn er sechzig sein würde, siebzig. Er saß mit hängenden Schultern und sah müde und abgespannt aus. Sein Haar wird jetzt dünner, auch das war mir früher nie aufgefallen, ich betrachtete ihn, als sei er ein ganz fremder Mann, und spürte etwas in mir, das nicht Mitleid war – ich weiß aber kein anderes Wort dafür. Erbarmen, ist es das? Aber auch das würde er nicht wollen, dabei gehört zur Liebe so viel Erbarmen.

Ich streckte ihm die Hand hin. »Albrecht!«

Ich mußte ihn noch einmal anrufen, bis er überhaupt reagierte.

»Ja, ja, was ist?«

Ich versuchte, ihm zuzulächeln, und schüttelte dabei den Kopf. »Nichts, Albrecht, worüber wir reden müßten.«

Er saß noch eine Weile so auf der Mauer neben mir und sagte nichts, tat nichts. Dann strich er mir einmal mit dem Handrücken über den Arm und stand auf: »Ich gehe duschen und ziehe mir einen Pullover an, es wird jetzt kühler. – Du bist noch erkältet?«

»Ein bißchen. Es wird schon besser. Die Sonne tut mir gut.« Ich rekelte mich. Es ging mir tatsächlich schon besser, wesentlich besser als am Morgen. Ich wickelte mir sogar den Schal ab, und während Albrecht duschte, lief ich schnell ins Haus, kämmte mich, tat ein wenig Farbe auf mein blasses Gesicht und zog mir die hochhackigen Pumps an, er mag Sandalen nicht an mir. Ich suchte nach Tante Be. Sie mußte das Haus verlassen haben, ohne etwas zu sagen. Und wo war überhaupt Lotte?

Ich legte mich wieder in den Liegestuhl, zog einen zweiten ganz nahe heran und wartete und hatte Herzklopfen. Herzklopfen, weil mein Mann gleich kommen würde. Ich wollte ihm so gern helfen. Zum erstenmal seit Tagen waren wir allein miteinander im Haus. Als er zurückkam, zeigte er auf den Liegestuhl und fragte: »Darf ich?«

Ach, mein Liebster – wie konnte man bloß so dumm fragen! Aber das habe ich nur gedacht, gesagt habe ich nichts, nur genickt. Dann hat er sich ausgestreckt und die Augen geschlossen. Nach einer Weile habe ich meine Hand auf seine gelegt, und er hat seine Finger zwischen meine geschoben. Wieder vergingen Minuten. Dann hat er mich gefragt, wo Friedrich Georg sei. Ich habe ihm erzählt, daß Tante Be hier gewesen sei, um mich ein bißchen zu pflegen, und daß sie ihn mitgenommen habe. »Er ist fort und – dichtet.«

Mein Mann hat – wieder nach einer Pause – gefragt: »Seit wann?«

»Seit heute vormittag. Und wo ist Lotte?«

»Beim Friseur.«

»Seit wann?«

Und da hat er sein Gesicht verzogen und beinah ein wenig gelacht und zu mir herübergesehen und meine Hand genommen und an seine Backe gelegt. Frisch rasiert war er auch.

»Wir sind sehr dumm, Huschi.«

Ich nickte. Ich hätte das gern eingeschränkt in ›gewesen‹. Aber noch war es nicht vorbei, wir steckten mittendrin. Ich wußte das ganz genau. Nur das hatte ich mittlerweile begriffen: daß ich ihm helfen mußte und daß er mir helfen mußte. Daß man den anderen festhalten muß, ganz fest, und nicht selber weglaufen darf. Und ich hatte außerdem begriffen, daß Stolz etwas ganz Dummes ist und nur ein anderes, nobler klingendes Wort für Eitelkeit. Ich hätte in dem Augenblick etwas darum gegeben, eine kluge Frau zu sein, die weiß, was man tun muß. Aber ich wußte nur, daß ich ihn sehr liebhatte und ihn nicht verlieren wollte. Und daß ich ihn nicht gegen hundert Dichter eintauschen würde. Am liebsten wäre ich aufgesprungen und hätte mich neben ihn gehockt und ihn in die Arme genommen und geküßt – und vielleicht wäre das gar nicht einmal so dumm gewesen, wie es mir damals schien.

In mir steckt immer noch ein Rest Schüchternheit ihm gegenüber. Ich habe ihn immer ganz ernst genommen. Alles, was er sagt und tut, nehme ich wörtlich und meine, daß es gelten müsse, länger als nur für einen Augenblick. Und nie kalkuliere ich ein, daß auch er einmal etwas sagen könnte, nur um meinen Widerspruch zu hören, so wie ich es tue. Ich blieb still liegen, schloß wieder die Augen, und als er meine Hand losließ, dachte ich, ich sollte sie wegnehmen. Ich war so unsicher geworden. Ich konnte mir gar nicht mehr vorstellen, daß er mich liebhat, daß er mich überhaupt je liebgehabt hat.

Da lagen wir nun vor unserem Haus im Frühlingssonnenschein, jeder mit seinen Gedanken, und jeder fühlte sich vom anderen allein gelassen. Man konnte doch nicht einfach fragen: »Wir war's denn?« So etwas tut nur Tante Be, und die gehörte zu den Zuschauern, vielleicht fand sie das alles insgeheim sogar komisch. Eine Tragödie ist es immer nur für die Mitspieler, für die Außenstehenden ist es Unterhaltung, mehr oder weniger spannend, und je toller es kommt, desto aufregender finden sie's.

Ich glaube, dieser Zustand der Ratlosigkeit ist das Allerschlimmste, was einem passieren kann, wenn der Zorn vorbei ist, wenn der Trotz überwunden und sogar die Eitelkeit gebrochen ist. Albrecht war doch der Ältere! Ich konnte mir einfach nicht vorstellen, daß man auch in seinem Alter noch ratlos sein kann. Daß das nicht aufhört, daß man ›leben‹ nicht lernt, nie.

Als es kühler wurde, bin ich ins Haus gegangen und habe ihm eine Decke geholt und ihn eingewikkelt, und er hat sich nur ein kleines bißchen gewehrt. Er sei doch nicht krank. Aber ich weiß, daß er gern verwöhnt wird. Er hat das nie gehabt, nicht bei seiner Mutter, die eine nüchterne Frau gewesen sein muß, und auch nicht bei Marion. Und dann habe ich jedem von uns einen großen Becher Kinderkakao gekocht, und wir haben Zwieback eingebrockt und nebeneinander auf der Steinbrüstung gesessen und weiter geschwiegen. Nachher habe ich ihm einen Brief von Rainer gezeigt, der am Morgen gekommen war. Die Adresse hatte meine Mutter geschrieben, aber der Brief war von ihm. Mit Buntstiften gemalt. Er macht jetzt immer Selbstporträts. Einen großen, in die Länge gezogenen Kopf mit kleinen Beinen dran. Die Arme sitzen da, wo die Ohren sitzen müßten, und den Körper läßt er überhaupt ganz weg – aber irgendwie sieht es dann doch aus wie Rainer. Und dann war noch ein Haus darauf, und da es rosa war und dahinter ein schwarzer Berg, war es sicher die Casa Susanna. Unten rechts fuhr ein Schiff, und oben in der Ecke war unser Auto, das konnte man am besten erkennen, sogar die Autonummer stimmte. Zahlen kann er schreiben, Buchstaben noch nicht, hoffentlich ist das kein böses Omen.

Albrecht warf nur einen flüchtigen Blick auf das Bild und gab es mir wieder. »Du wirst es sicher in ihr Zimmer hängen wollen – bitte!« In Lottes Zimmer hat er gemeint. Ich schüttelte den Kopf, ich hatte keinen Augenblick daran gedacht, ihr den Brief von meinem Jungen zu zeigen. Ich habe meinen Mann gefragt, ob es ihm lieber wäre, wenn sie jetzt das andere Zimmer bekäme, da Friedrich Georg doch weg sei.

Er hat nur so durch die Nase geschnauft, als sei das ganz egal, als sei nun doch alles verdorben.

Auch mit dem besten Willen kommt man nicht weit, wenn der andere ihn nicht ebenfalls hat.

Ich mußte niesen und fand so rasch kein Taschentuch. Er griff gleich in die Tasche und zog seines heraus, ganz automatisch. Ich weiß auch nicht, warum mich das so rührte, er hat's schließlich hundertmal getan – aber ich weinte schon wieder. Ich wischte an meinen Augen und meiner Nase herum, ich war ja erkältet; sollte er denken, das sei nur Schnupfen.

»Kommt dein Dichter nicht wieder?«

»Ich glaube nicht.«

Er sah an mir vorbei, und viel später hat er dann »Aha« gesagt, und ich habe gar nicht begriffen, welche Schlüsse er aus dem Fortgehen von Friedrich Georg zog. Ich nahm an, er sähe es so wie ich: Die Geschichte war aus und vorbei.

Albrecht wurde unruhig. Er wartete auf Lotte. Immer wieder sah er unauffällig auf seine Uhr und dann wieder auf den Treppenweg. Vielleicht hatte er Angst, daß sie nicht wiederkäme. Schließlich habe ich ihn erlöst und ihm vorgeschlagen, ihr entgegenzugehen. Es wurde dämmerig, und so genau kannte sie den Weg doch noch nicht. Er war gleich bereit.

Ich ging in die Küche. Ich habe den Eindruck, als hätten wir in diesen Ferien unglaublich viele Mahlzeiten zu uns genommen. Es ist immer ein schlechtes

Zeichen, wenn ich darauf bedacht bin, daß ein gutes Essen pünktlich auf den Tisch kommt. Wenn ich gar nicht mehr weiß, was ich tun soll, dann koche ich. Es muß wohl eine Art von Arbeitstherapie sein. Kochen lenkt mich so wohltuend ab. Als ich den Auflauf aus dem Herd zog, sang ich bereits wieder. Es war immer noch die Arie der Donna Rosina:

»Frag' ich mein beklommen Herz,
Wer so süß es hat bewegt...«

So ganz fertig war ich wohl doch nicht mit Friedrich Georg. Mein Mann glaubt noch immer, daß ich guter Dinge bin, wenn ich singe, für ihn ist Gesang ein Anzeichen äußersten Wohlbehagens; er singt nur selten. Ich singe aber viel häufiger, wenn ich so von Herzen unglücklich bin. Der einzige, der das begriffen hat, ist mein Vater. Er steckte, als ich noch zu Hause sang, den Kopf aus der Tür seines Arbeitszimmers und rief nach mir: »Komm einmal her, Suse, was ist denn los? Da stimmt doch wieder etwas nicht mit dir?« Natürlich hat er nie wirklich wissen wollen, was los war! Aber ich kam zu ihm, setzte mich auf seine Knie – da war ich schon zwanzig Jahre alt –, und er klopfte mir ein bißchen auf den Rücken, und er seufzte, und ich seufzte, und ohne daß irgend etwas geredet wurde, war es nachher besser. Mein Vater ist ein sehr kluger Mann. Wenn meine Mutter dazukam, waren wir beide ganz verlegen –

An jenem Abend sang ich meine Arie der Donna Rosina, und mit ihr und meinem Auflauf war ich so beschäftigt, daß ich ein Geräusch an der Haustür überhörte. Albrecht machte auf einmal die Küchentür auf und sagte: »Da sind wir.« Er sah bedrückt aus. Was hatte er denn nun schon wieder? Mehr konnte ich doch schließlich nicht tun, als für ihn und seine Lotte ein gutes Abendessen und außerdem noch gute Miene zu diesem Spiel zu machen. Ich möchte wirklich wissen, ob andere Frauen das in einer solchen Situation überhaupt getan hätten. Wenn er nun auch noch gedachte, mir übelzunehmen, daß er mich mit einer anderen betrog – also das ging entschieden zu weit! Ich sang weiter. Nun gerade. Ich war sowieso bei einer so passenden Stelle:

»Sanft lenkt des Weibes Sinn Liebe und Milde;
Bin wie das Lämmchen im Talgefilde,
Folgt es der Liebe nur durch dieses Lebens Flur –«

Es klang nicht besonders schön. Ich war ziemlich heiser. Meine Stimme wird dann dunkel und rauh, ich sang wie ein Wolf und keineswegs wie ein Lämmchen. Ich nahm meine Schüssel mit dem Auflauf, stieß mit dem Fuß die Wohnzimmertür auf und sagte mit munterer Stimme: »Da sind Sie ja, Lotte, wie war's?« In dem Augenblick dachte ich wirklich nur an den Friseur, aber sie muß mich falsch verstanden haben, denn sie antwortete nicht, und darum wollte ich das richtigstellen und redete munter weiter: »Hübsch sehen Sie aus! Hat Ihnen mein Mann gesagt, zu welchem Friseur ich immer gehe?« Ich summte weiter –

Albrecht unterbrach mich: »Können wir jetzt essen?«

»Natürlich, gern, es wird nur noch zu heiß sein. Verbrennen Sie sich nicht den Mund, Lotte!«

»Tu du es bitte auch nicht!«

Bitte! Wenn den beiden meine Unterhaltung nicht paßte, ich konnte auch schweigen.

Wir stocherten auf unseren Tellern herum, es war ein Jammer um meinen guten Auflauf. Lotte sah aus, als würden ihr gleich Tränen ins Gemüse tropfen, und Albrecht aß, als habe er seit drei Tagen gehungert, und bestritt allein die Unterhaltung, indem er in kurzen Abständen bemerkte: »Köstlich, ganz köstlich! – Bißchen wenig Salz, wie? – Könnte im ganzen etwas saftiger sein, meint ihr nicht? Aber sonst wirklich recht gut.«

Ich besann mich auf meine Erkältung und fing wieder an zu husten, schnüffelte und bereitete meinen baldigen Rückzug vor. Lotte erkundigte sich höflich, ob ich noch Fieber hätte, und ich dankte für die Nachfrage. Schließlich hatten wir auch diese Mahlzeit hinter uns gebracht. Ich deckte den Tisch ab, auch Lotte trug eine Schüssel hinaus und lungerte bei mir in der Küche herum. Ich befürchtete, daß sie schon wieder eine Aussprache herbeiführen wollte. Jedesmal suchte sie sich dazu die Küche aus, das mir zustehende Revier. Ich war auch dieses Mal fest entschlossen, ihre Bekenntnisse zu verhindern. Aber dann erzählte sie mir, daß sie auf der Fahrstraße nach Orselina einen Herrn getroffen habe, der sie nach der Casa Susanna gefragt habe.

»Ja und? Wer war das?«

Sie habe ihm nur den Weg beschrieben. Aber ihm empfohlen, nicht an diesem Abend zu kommen. Blond sei er und sehr groß, ein Deutscher, und er scheine mich zu kennen. Mehr wußte sie nicht. Zum Schluß fragte sie noch, ob diese Auskunft in meinem Sinne gewesen sei.

Ich sagte: »Natürlich, ich bin viel zu erkältet, um Besuch zu empfangen.« Ich war sehr beunruhigt. Ob das einer meiner ehemaligen Mieter war? Aber dann hätte er ja den Weg zum Haus kennen müssen. Vielleicht kam er mit einer Empfehlung von einem, der früher einmal hier gewohnt hatte? Aber wieso kannte er dann mich? Auch das war schlecht. Ich mußte in jedem Falle vermeiden, daß Albrecht die Tür aufmachte. Die Vorstellung, daß ich deshalb am nächsten Morgen Hausarrest haben würde, erheiterte mich keineswegs.

Allmählich war ich so weit, daß ich am liebsten zu meinem Mann gegangen wäre und ihm gesagt hätte: »Komm, laß uns packen und zusehen, daß wir hier wegkommen.« An jenem Abend dachte ich: Es liegt alles nur an diesem Haus.

Ich erkundigte mich bei Lotte, ob sie meinem Mann etwas von der Begegnung erzählt habe. Das hatte sie nicht. Der Herr habe ja ausdrücklich nach mir gefragt und so getan, als ob es meinen Mann – nein, sie sagte: »Ihren Gatten« – nicht gebe.

»Es ist gut, ich danke Ihnen!« Ich redete mit ihr, als ob sie meine Zofe sei. Es wundert mich selbst, daß ich nicht auch noch gesagt habe: Es ist gut, Sie können jetzt gehen. Sie tat es sowieso. Ich wusch mir die Hände und räumte die Küche auf.

Dann ging ich ins Wohnzimmer, um gute Nacht zu sagen. Ich hatte mir Milch heiß gemacht und trug das Glas vorsichtig in der Hand. Außerdem hatte ich mir wieder den blauen Schal um den Hals gewickelt. Ich muß ausgesehen haben wie die Reklame für ein Hustenmittel. Albrecht hatte den Heizventilator angestellt und saß am Tisch und las in den Zeitungen, die er sich in Locarno besorgt hatte. Lotte hatte sich ein paar Akten vorgenommen und machte Notizen oder tat wenigstens so. Ich würde nichts versäumen, wenn ich nach oben ging, und die beiden würden vermutlich alles versäumen, auch wenn ich nach oben ging.

Da ich nicht recht wußte, ob ich ihnen die Hand geben sollte, ob ich meinem Mann einen Altendamenkuß auf die Stirn geben mußte oder ob ich ihn klugerweise fragen sollte, ob er noch einmal zu mir hereinkäme, bevor auch er zu Bett ginge – entschied ich mich dafür, von der Tür aus zu sagen: »Ich glaube, es ist besser, wenn ich mich früh hinlege. – *Buona notte!*«

Albrecht blickte von seiner Zeitung auf, sah mein

Glas Milch und sagte mit einem ironischen Lachen, das ich bis dahin nicht an ihm kannte: »Die Details!«

Dabei wollte ich weder provozieren noch meine Übereinstimmung mit den Gewohnheiten Friedrich Georgs kundtun. Dazu hätte ich mir sicher eher einen Lorbeerzweig angesteckt. Ich wollte lediglich etwas für meinen Hals tun.

Lotte war aufgestanden. Offensichtlich hielt sie eine förmliche Verabschiedung für angebracht. Sie ging mir ein paar Schritte entgegen, und gerade, als sie mir die Hand geben wollte, klingelte es an der Haustür. Albrecht sprang hastig auf, als sei er erschrocken. Mir fiel der junge Mann ein, ich mußte Albrecht zuvorkommen, und darum schob ich ihn beiseite und goß ihm die heiße Milch über die Hose; natürlich nicht absichtlich. Aber er war wütend. Ich drückte Lotte das halbleere Glas in die Hand und rannte zur Tür.

Und davor stand nun keineswegs der angekündigte blonde Herr, sondern jener Mann, dem ich damals im Regen begegnet war und den ich seitdem schon ein paarmal in der Nähe unseres Hauses gesehen hatte. Er mußte wohl in der Nachbarschaft wohnen. Ich erkannte ihn gleich. Er hatte den Hut in der Hand und fragte: »Signora Susanna?«

Es war einfach unglaubwürdig: Dieser alte Herr behauptete, er sei unser Simonetti!

Ich bat ihn einzutreten. Ich forderte ihn auf, Hut und Stock abzulegen, aber er behielt beides in der Hand. Ich wickelte mir im Gehen den Schal vom

Hals und fuhr mir mit den Händen durchs Haar, und dann führte ich ihn ins Zimmer, wo Albrecht noch mit dem Taschentuch an seiner Hose herumwischte und Lotte vor ihm kniete. Buchstäblich zu seinen Füßen lag. Das Glas hatte sie neben sich gestellt, und als ich sagte: »Herr Simonetti aus Turin«, da stieß sie das Glas um, und der Rest der Milch floß über den Fußboden. Ich wies mit der Hand auf die beiden: »Mein Mann, seine Freundin.«

Lotte war so erschrocken, daß sie vergaß aufzustehen und mit dem leeren Milchglas in der Hand da unten hockenblieb. Albrecht machte eine seiner korrekten Verbeugungen, reichte Herrn Simonetti die Hand und versicherte ihm, daß er schon lange den Wunsch gehabt habe, ihn einmal persönlich kennenzulernen. Er sagte noch mehr Belanglosigkeiten und zog Lotte währenddessen mit der linken Hand hoch, und als sie weggehen wollte, hielt er sie am Arm fest, und ich sagte, wieder in dem Tonfall einer mißlaunigen Gnädigen: »Bleiben Sie doch, Lotte, Sie stören wirklich nicht, Sie gehören doch dazu.«

Simonetti stand noch in der Nähe der Tür. Seine Blicke wanderten langsam von einem Ende des Raumes zum anderen. Er sah zum Heizventilator hin. Er schien den Raum kalt zu finden; das erste, was er sagte, war: »Benutzen Sie den Kamin nicht? Er brennt gut. Ich habe immer gern hier gesessen. – Wir haben gern hier gesessen. Ich bin an keinem Platz der Welt glücklicher gewesen als hier. Ich habe lange gebraucht, um das zu erkennen. Es ist ein glückliches Haus, ich weiß nicht, ob Sie das wissen.« Er sah uns drei nacheinander an, und er mochte wohl daran zweifeln, daß es noch immer so war.

Ich schob ihm den Schaukelstuhl hin, aber er ging zum Kamin, blieb dort stehen und sah sich die Magnolienzweige von Tante Be an: »Die sind neu.«

Albrecht sagte: »Meine Frau hat eine Vorliebe für Naturalien.« Er schien diese Bemerkung wohl selbst nicht für sehr gelungen oder gar witzig zu halten, er fuhr fort, daß er vorgehabt habe, den Kamin anzuzünden, er sei nur noch nicht dazu gekommen. Er sprach mit Simonetti in dem Tonfall, den ich an ihm nur kenne, wenn wir auf der Straße einem dankbaren Klienten begegnen, lange nach der Gerichtsverhandlung, und Albrecht längst nicht mehr weiß, worum es sich gehandelt hat, dann ist er so: verbindlich, aber uninteressiert und etwas verlegen. Ihn interessiert der Fall als solcher, das Problem und seine Lösung. Die Menschen vergißt er darüber. Natürlich kommt ihnen das sachlich zugute, aber er hinterläßt wohl oft ein Gefühl der Enttäuschung bei denen, die sich ihm offenbart haben. Frauen sind anders. Sie vergessen über dem menschlichen zu leicht das sachliche Problem, sie engagieren sich und helfen wahrscheinlich weniger. Vielleicht ist das immer so, es ist eine These von mir, ich habe sie niemals selbst erprobt.

Lotte sagte: »Wir sind spät von einem Ausflug zurückgekehrt.«

Simonetti wandte sich wieder an mich und erkundigte sich, wo wir gewesen seien, und ich antwortete wahrheitsgemäß, daß ich nicht mitgewesen sei, und um diesen Satz noch wirkungsvoller zu machen, fügte ich hinzu: »Ich bin ein wenig krank, eine Halsentzündung, Fieber und was so dazugehört.«

Albrecht verließ das Zimmer, um Holz und Papier zu holen, Lotte räumte die Akten und die Zeitungen zusammen, und derweil hatte Simonetti den Schaukelstuhl in eine andere Richtung gedreht und Platz genommen. Er lächelte mir zu.

Ein glückliches Haus – als ob er eigens erschienen war, um uns zu verhöhnen. Ich holte Wein und Becher, schob ihm die Zigarettendose zu, und er nahm sie in die Hand und betrachtete sie und stellte sie wieder auf den Sims, ohne sich eine Zigarette genommen zu haben, und immer noch hielt er Stock und Hut in der linken Hand. Ich versuchte ein Gespräch in Gang zu bringen, stellte eine Frage nach der anderen: »Sie waren lange fort?«

»Ja, sehr lange.«

»Jetzt sind Sie zu Besuch im Tessin?«

»Für einige Tage.«

»Sie haben viele Jahre hier gelebt, in diesem Haus?« Andere Menschen hätten auf diese Frage wenigstens mit ein paar Sätzen geantwortet, aber Simonetti saß in dem Schaukelstuhl, ganz regungslos, und sah mir zu, wie ich im Zimmer hantierte; keinem Gegenstand schenkte er so viel Aufmerksamkeit wie mir. Das überraschte mich, denn sein Besuch galt doch unverkennbar diesem Haus. Es irritierte mich auch, zumal mir einfiel, daß ich einen der Pullover anhatte, die oben in dem Schrank gelegen hatten. Es war mir sehr unangenehm, ich versuchte ihm das zu erklären: »Gewiß wundern Sie sich. Wir leben hier in Ihren Sachen, ich trage Ihre Pullover –«

Er wehrte ab: »Nicht meine.«

Und ich fuhr fort: »Aber der Bademantel, der gehört bestimmt Ihnen, den trage ich morgens. Auf dem Boden stehen noch immer ein paar Säcke mit Gewürzen und ein paar Dosen Olivenöl. Wir sprechen oft von Ihnen, jeden Tag. Sie gehören irgendwie mit dazu. Wir kennen Sie schon sehr lange.«

Ich brach ab, es war nicht leicht, ihm das zu erklären. Ich zog mir einen Sessel in seine Nähe und setzte mich. Albrecht kam mit einem Armvoll Holz herein und schichtete es neben dem Kamin auf. Simonetti fragte, ob er noch einmal das Feuer anzünden dürfe. Er hatte sich an Albrecht gewandt und fuhr fort, als sei er ihm eine Erklärung schuldig: »Ich bin zum ersten Male hier – seit vielen Jahren. Ich hätte mein Haus – Verzeihung, wenn ich es so nenne – fast nicht erkannt. Der Anstrich ist neu. Damals war es gelb, gelb wie Zitronen, es leuchtete von weit her. Es stand in einem Weinberg, es gab damals kaum Häuser hier am Berg, dieses ist eines der ältesten. Ich fürchtete fast, der neue Besitzer habe es abgerissen und neu aufgebaut, einen Bungalow, eines dieser modernen Würfelhäuser, die doch nicht hierhergehören.«

Während er sprach, schichtete er mit raschen

Händen die Holzscheite auf, dann nahm er sein Taschenmesser und schnitzte aus einem Scheit dünne Späne, an die er ein Streichholz hielt. Die Zeitungen schob er beiseite. Lotte räumte sie weg, und ich beobachtete, wie sie einen Blick darauf warf und dann rasch zu Albrecht und mir hinsah und das Blatt auf den Tisch legte und die übrigen wieder in den Schuppen trug.

Simonetti suchte sich den dicksten der Holzklötze, stellte ihn in die Nähe des Feuers und setzte sich darauf und sah in die Flammen. Als Lotte wieder im Zimmer war, griff er nach dem Becher: *»Salute!«* Sein Blick blieb einen Augenblick länger an Lottes Gesicht hängen als an Albrechts und meinem, ich hatte Angst, er würde seine Sympathie ihr zuwenden. Lotte errötete und blieb weiter im Hintergrund.

Ich hatte mir einen Turiner Großkaufmann ganz anders vorgestellt. Tante Be hatte uns nicht viel von dem früheren Besitzer unseres Hauses erzählt, sie tat auch immer so, als wüßte sie selbst nicht allzuviel. Als wir zum ersten Male durch unser neues Haus gingen, sagte sie nur, daß Simonetti fortgezogen sei, nachdem die Frau, für die er das Haus gebaut hatte, ihn verlassen habe. Er habe alles zurückgelassen, auch seine privaten Dinge, nicht nur Möbel, Geschirr, Wäsche. Das Haus habe lange leergestanden, bis Simonetti sich dann eines Tages entschlossen habe, es einem Makler zum Verkauf anzubieten. Auf irgendeine Weise war Tante Be darauf aufmerksam geworden. Sie hatte es gegen ein anderes, vorteilhafter gelegenes Objekt getauscht. So war es wohl. Eine geheimnisvolle Geschichte – ich wußte auch schon nicht mehr, was am Ende Wahrheit war oder was ich mir dazugedacht hatte. Was muß das für eine Frau gewesen sein, für die man ein solches Haus baute! Eine Frau, die einen plötzlich verläßt, einen Mann wie diesen Simonetti, dem das Haus sinnlos und leer wird, wenn sie nicht mehr da ist. Einen Mann, der dann nach Jahren an einem Aprilabend wieder auftaucht. – Ich liebe solche Geschichten!

Da saß dieser Mann, auf einem Holzklotz vor unserem Kamin. Ein alter Herr, von einer Schicht Einsamkeit umgeben, die man trotz seiner Verbindlichkeit nie ganz vergaß. Durch seine Heiterkeit sickerte immer wieder Schwermut. Man konnte ihn einfach nicht fragen, man mußte ihn in Ruhe da sitzen lassen. Er war kaum länger als zehn Minuten im Zimmer, als ich schon anfing, in ihm den Herrn dieses Hauses zu sehen, bei dem wir zu Besuch waren. Ich vergaß sogar, mich um die Pflichten der Hausfrau zu kümmern. Er hatte mit seinen Augen und mit den Händen und mit seinen zögernden Schritten wieder Besitz genommen von seinem Haus, von jedem Fußbreit Boden und von jeder Dose, die auf dem Sims stand.

Zwischendurch sprachen wir miteinander. Ich erzählte, daß wir im Garten einen Magnolienbaum gepflanzt hatten, als unser erster Sohn geboren wurde. Als ich »erster Sohn« sagte, stockte ich und hatte Mühe, den Satz zu Ende zu bringen. »Alles andere«, sagte ich, »ist noch so, wie es Tante Be für uns hergerichtet hat. Die Weinstöcke waren zu alt, die Trauben klein und sauer, darum hat Tante Be sie roden lassen und den Berg eingesät.« Eine Wiese, eine herrliche Wiese, er müsse nur einmal bei Tage kommen und sehen, wie sie blüht, voller Narzissen, und die Margeriten hätten schon Knospen. Ich erklärte ihm, daß Tante Be eine Tante von mir sei, von der wir das Haus zur Hochzeit bekommen hätten.

Albrecht verbesserte mich: »Von der du es bekommen hast.«

Manchmal schiebt er mich mit einem einzigen Satz ganz weit von sich fort. Ich fühlte mich plötzlich allein und verlassen, beinahe so allein wie dieser Mann, der da am Feuer saß und seine alten Hände wärmte, in dem Haus, das einmal ihm gehört hat und in dem jetzt Fremde lebten. Ich hätte etwas darum gegeben, wenn er uns glücklich gesehen hätte. Wenn er nach dieser Stunde wieder hätte gehen und denken können, daß dieses Haus noch einmal für ein paar Menschen das Glück bedeutet. Es wäre dann leichter für ihn gewesen, nach Turin zurückzukehren. Warum war er auch nicht ein Jahr früher gekommen? Warum nicht, als wir auf dem Platz unter dem Lorbeerbaum mit Rainer spielten, der auf den warmen Steinen saß und versuchte, eine Eidechse zu fangen, und laut aufjauchzte. Im letzten Herbst war das, die Grillen sangen, und in Orselina läuteten die Glocken des Campanile. Ich stand an der Hauswand, und Albrecht war neben mir, und ich spürte deutlich, wie kaum je zuvor: Das ist das Glück. Mittlerweile hatte sich Albrecht des Gesprächs angenommen. Er erzählte von dem Mißgeschick mit unserem Wagen. Auch daran sei dieser tagelange Regen schuld gewesen. Er habe schon bedauert, überhaupt hiergeblieben zu sein. »Regen im Tessin, das geht auf die Nerven.«

»Wirklich?« Simonetti schien nicht davon überzeugt zu sein. Er mochte diese stillen Regentage gern, und gerade diesmal hatten sie gut zu seinen einsamen Wanderungen gepaßt. Außerdem verdanke er dem Regen seine erste Begegnung mit Signora Susanna. Er erzählte, wie er mich getroffen hatte, allein und, wie ihm schien, sehr betrübt und ganz verregnet, und daß er mir Veilchen gepflückt habe. Er sah mich, während er sprach, an, prüfend und nachdenklich. »Merkwürdig«, sagte er, »es kann wohl nur an diesem Haus liegen. Vielleicht sehe ich überall Ähnlichkeiten, Erinnerungen, auch da, wo keine sind und keine sein können. Auch in den Menschen. Wenn man älter wird, geht einem das leicht so. Manchmal begegnet einem dann ein Mensch, den man erkennt, obwohl man ihn nie gesehen haben kann. Sie werden wissen oder werden es eines Tages erfahren, daß da ein Unterschied ist. Man kennt einen Menschen, mit den Augen, den Ohren, den Händen – aber erkennen tut man ihn mit dem Herzen.« Er trank mir zu und sagte: »Sie sind so ein Mensch, den mein Herz erkannt hat.«

Ich war nahe daran zu weinen. An solchen Tagen darf man einfach nicht gut zu mir sein. Sobald man nur über meinen Arm streicht, muß ich weinen. Auch ich war ihm sehr zugetan, ich hätte nicht zu sagen gewußt, warum, vielleicht war es auch bei mir ein Erkennen.

Es war sehr still im Zimmer, seit Simonetti schwieg. Ich fing an, vom Centovalli zu erzählen, jeder habe sein Tal hier, das er besonders liebe. Lotte, die bis dahin geschwiegen hatte, sagte, daß sie einmal einen ganzen Tag an einem Wasserfall sitzen wolle und nichts anderes tun, als seinem Brausen zuzuhören. »Man wird betäubt davon«, sagte sie, »eine ganz eigentümliche Narkose, die Füße sind wie gelähmt, man kann einfach nicht mehr fort, man muß sich an den Steinen festhalten, damit einen das Wasser nicht mit sich nimmt – es ist wunderbar! Durch das sprühende Wasser sieht man in den Himmel –.« Sie schwärmte noch eine Weile so weiter, ich hörte ihr nicht mehr zu, aber ich mußte sie ansehen, weil sie so hübsch war. Sie hat manchmal etwas Schwebendes, etwas so Ungewisses, Zielloses, auch Unklares – das ist sehr reizvoll. Ich kann Albrecht gut verstehen. Man möchte wissen, was hinter dieser hübschen, schimmernden Oberfläche ist. Wie der Kern aussieht – und ob überhaupt einer da ist.

Vielleicht hätte Simonetti seinen Besuch nun bald beendet. Ich hatte ihm bereits angeboten, einmal mit ihm durch das Haus zu gehen. Natürlich sei manches verändert, Tante Be habe noch ein paar weitere

Wände ausgemalt, in der Küche zum Beispiel sei eine große Kuh, und außerdem sehe man überall Spuren von unserem Kind. Aber er wollte das Haus nicht sehen, er wehrte beinahe heftig ab. Mehr sei nicht nötig. Dieser Raum, der Kamin –. Er sagte zu Albrecht, daß er nur eine Dienstreise, einer plötzlichen Eingebung folgend, in Bellinzona unterbrochen habe und statt zurück nach Turin für einige Tage nach Locarno gefahren sei.

Albrecht sprach sein Bedauern aus, daß er ihn nicht mit dem Wagen nach Bellinzona an den D-Zug bringen könne. Aus dem Gespräch wurde schon wieder Konversation. Ich fragte, ob er wirklich schon morgen abreisen wolle, und Simonetti sagte, daß er sich diesen Besuch für den letzten Abend aufgehoben habe.

Er hatte den Satz noch nicht zu Ende gebracht, als jemand an die Terrassentür klopfte, die Albrecht bereits verriegelt hatte. Es konnte nur Tante Be sein, sie geht nie durch die Haustür. »Laßt mich doch so tun, als gehörte ich dazu«, hat sie einmal zu mir gesagt. Ich hatte ihr einen Hausschlüssel angeboten, aber den hat sie nicht gewollt, sie wolle nur über die Terrasse kommen dürfen, und warum auch nicht? So spät allerdings war sie noch nie bei uns.

Als es klopfte, hatte Simonetti den Kopf zur Terrassentür hingewandt und war aufgestanden, man hörte die Hunde an der Tür kratzen. Ich sagte erklärend zu Simonetti: »Das ist nur Tante Be mit ihren Hunden, sie wird sich freuen, Sie ...«

Weiter war ich noch nicht, als sich die Hunde durch die Tür schoben, die Albrecht mittlerweile geöffnet hatte; der ältere von ihnen fing an zu schnüffeln, und plötzlich hob er die Nase und stürzte auf Simonetti zu. Ich hatte dieses langweilige Tier noch nie so gesehen. Ich wollte Tante Be darauf aufmerksam machen und hatte schon angefangen mit: »Nun sieh dir diesen Hund –«, da sagte Simonetti: »Bellina, Bellina!« Der andere Hund kam auch schwanzwedelnd zu ihm, aber sicher nur, weil er eifersüchtig war. Von den beiden gönnte einer dem anderen kein Kraulen hinterm Ohr. Tante Be stand an der Tür und sah Simonetti an, und der hatte sich aufgerichtet und ließ von den Hunden ab und sah sie an, und wir drei anderen hatten damit zu tun, vom einen zum anderen zu blicken.

Ich weiß nicht, warum Tante Be sich so spät noch aufgemacht hatte. Sie hatte mir etwas zu sagen, aber hätte das nicht Zeit bis zum nächsten Morgen gehabt? Konnte sie nicht das Telefon benutzen? Was hat sie hergetrieben an diesem Abend? Ein paar Sekunden lang hatte ich das Gefühl: Jetzt vollzieht sich etwas.

Dabei geschah eigentlich nichts. Sie gaben sich die Hand, Tante Be begrüßte uns, fragte sogar Lotte: »Nun, zurück?« und zog sich den Schaukelstuhl ans Feuer. Simonetti setzte sich wieder auf den Holzklotz, der eine Hund legte sich vor seine Füße, der andere legte sich vor Tante Bes Füße. Ich stellte ihr einen Becher hin, aber sie trank nicht daraus.

Ich mußte sie immer wieder ansehen. Ihr Gesicht war unruhig. Als das erste freudige Erschrecken dieser Begegnung vorbei war, sah sie plötzlich viel älter aus, und die Heiterkeit und Stille, die sonst über ihr liegen, waren verschwunden. – Ich glaube, sie war an jenem Abend nicht froh darüber, daß er gekommen war. Sie hatte endlich Ruhe gefunden, zu sich selbst gefunden. Sie wollte in Ruhe leben, sie wollte malen, sie wollte nicht wieder in neue Schwierigkeiten geraten. Zum erstenmal sah ich, daß auch sie Angst hatte. Vor der Zukunft, vor neuer Abhängigkeit.

Und Simonetti, wie war das mit ihm, hatte er das gewollt? Hatte nicht auch er nur einmal noch alte Wege gehen wollen? Das Haus wiedersehen – mehr sicherlich nicht. Erinnerungen – als er in Bellinzona das Schild ›Locarno‹ gelesen hatte.

Die Spur von Tante Be hatte er völlig verloren. Er konnte nicht wissen, daß sie zurückgekehrt war und seit Jahren in Ascona lebte, fünf Kilometer entfernt von dem Haus, und wie hätte er jene Frau erkennen können, als wir von Tante Be sprachen? Für ihn wird sie einen anderen Namen gehabt haben, nur ich nenne sie Be.

Lotte hatte die Hunde zu sich gelockt und fütterte sie mit Salzmandeln. Erstaunlich, was diese Tiere alles verdauen können. Tante Be stand unvermittelt auf und sagte, daß sie zurück nach Ascona müsse, dort warte ein Gast auf sie. Simonetti erhob sich, nahm den Holzklotz, auf dem er gesessen hatte, und warf ihn ins Feuer. Die Funken sprühten bis auf den Fußboden und den Teppich, er trat sie mit den Schuhen aus. Ich dachte, die beiden würden zusammen aufbrechen, aber Tante Be reichte ihm die Hand. »Morgen um neun Uhr am Prato Pernice.« Sie ging zur Terrassentür, und die Hunde folgten ihr zögernd.

Simonetti sagte, daß er ebenfalls gehen müsse, er habe ganz in der Nähe sein Quartier. Wir waren stehengeblieben, aber dann setzte er sich noch einmal in Tante Bes Schaukelstuhl. Es war so still im Zimmer, daß wir hören konnten, wie oben auf der Straße der Motor von Tante Bes kleinem Wagen ansprang, und als man dann nichts mehr hörte, hat uns Simonetti seine Geschichte erzählt. Vielleicht hat er gedacht, wir hätten ein Anrecht darauf, sie zu hören, vielleicht wollte er auch endlich einmal zu jemandem von der Frau sprechen, die er geliebt hat. Er war ein schlechter Erzähler. Immer wieder suchte er nach Worten, es lag nicht daran, daß er in einer fremden Sprache reden mußte, er hätte sie auch auf italienisch kaum gewußt. Nichts hat er erzählt von dem, wie es angefangen hat, und kaum etwas von den vielen Jahren, in denen Tante Be hier gelebt und gewartet hat, daß er zu ihr kam. Über den Anfang weiß man immer so wenig, und über das Glück können wir alle nicht mehr reden. Man versucht es mit ein paar Sätzen, auch er hat das getan. »Es war im Juni«, hat er gesagt, »die Rosen schaukelten im Seewind, sie hängen dann hoch in den Palmen, rot und duftend – wir gingen zum See –«, und da brach er schon ab. Manches kann und darf man sich nicht von der Seele reden, wenn man es nicht für immer verlieren will. Ich verstand ihn so gut.

Er hat dann nur noch erzählt, wie es zu Ende gegangen ist. An einem Apriltag, geregnet habe es, den ganzen Tag. Er war über Ostern zu Benedikte gefahren. An einem Nachmittag habe es an der Haustür geschellt. Als Tante Be die Tür geöffnet hat, stand eine Frau davor. Seine Frau. Es hat eine Auseinandersetzung gegeben. Seine Frau hat nach zwei Stunden das Haus verlassen, es wurde bereits dämmerig. Er ist ihr in einem Gefühl dumpfer Vorahnung gefolgt und hat sie dort oben – Simonetti wies mit der Hand in die Richtung zum Viadukt – gefunden.

Er starrte ins Feuer, er schwieg eine ganze Zeit, dann sah er auf, sah einen nach dem anderen an und sagte: »Sie muß gedacht haben, daß ich sie los sein wollte, deshalb hat sie es tun wollen. Ich bin hingerannt, und was dann in ihr vorgegangen ist, weiß ich nicht, vielleicht hatte sie Angst vor mir, sie rannte den Berg hinauf, ich war außerstande, sie einzuholen. Weiter oben habe ich sie am Straßenrand gefunden, zusammengebrochen, sie hatte ihren ersten schweren Herzanfall.«

Albrecht sah mich an, und ich sah ihn an, ich hörte kaum noch, wie die Geschichte von Simonetti weiterging. Er hat seine Frau, als es ihr besserging, zurück zum Haus geführt. Tante Be war da schon fort. Sie hatte das Haus verlassen, als er zurückkam.

Auch der Hund war fort. Kein Zettel. Nie wieder ein Wort. Und er hat nicht nach ihr geforscht. Es war vorbei. Es gibt etwas zwischen zwei Menschen, das so kostbar ist, daß es sofort zerbricht. Man kann es nicht kitten. – Man kann nur fortgehen. Aber da war dieses Haus, in dem sich die Erinnerungen eingenistet hatten, in dem die Phantasie weiterlebte. – Und vor einem Jahr ist nun seine Frau gestorben. Die Kinder sind erwachsen und selbständig, auch sie brauchen ihn nicht mehr. Er lebt allein in seinem Haus in Turin, bald wird er sich aus der Firma zurückziehen. – Bisher hat er nie daran gedacht, aber jetzt, unter den veränderten Umständen, denkt er daran zurückzukehren, hierher.

Meine Gedanken sprangen hin und her. Ich dachte alles gleichzeitig. Ich dachte: arme, glückliche Tante Be. Unvergessen. Ich dachte: Er kann das Haus wiederhaben. Es ist ja immer noch seines und ihres, uns ist es nicht gelungen, ein Zuhause daraus zu machen, es sind zuviel Fremde hiergewesen, man spürt das, es war uns nur geliehen, für ein paar Jahre. Albrecht hatte recht, es war etwas mit diesem Haus; es ist nicht nur ein Geschenk an uns gewesen. Tante Be hat es behalten wollen. Ich dachte auch an Lotte und was nun wohl in ihr vorgehen mußte nach dieser Begegnung.

Das Feuer war heruntergebrannt. Unser Gast ging jetzt im Zimmer auf und ab, und ohne daß wir seine Absicht recht begriffen hatten, stand er plötzlich in der Terrassentür, verbeugte sich, wünschte uns eine gute Nacht, zögerte einen Augenblick, als gebe es noch etwas, das ihm am Herzen liege, aber dann drehte er sich um und verschwand in der Nacht, und wir hörten seine Schritte, als er an dem Lorbeerbaum vorbeiging, wir hörten die Gartenpforte, und dann entfernten sich die Schritte.

Zwei Tage lang geschah nicht viel. Zumindest nicht in unserem Haus. Der Schauplatz hatte gewechselt. Wir bewegten uns mit Vorsicht, vermieden alle Komplikationen und waren höflich und zuvorkommend zueinander.

Ich telefonierte mit Tante Be. Wolfgang war eingetroffen. Sie hatte vergessen, uns das an jenem Abend – »du weißt schon, Suschen« – zu erzählen. Ich bat sie, ihn lieber nicht zu uns zu schicken. Ich verabredete mich statt dessen mit ihm in einem Café.

Wir saßen in der Sonne und tranken Espresso. Er schilderte mir in aller Ausführlichkeit sein Hallenbad, zeichnete den Aufgang zu den Kabinen und den Sonnenterrassen auf ein Blatt seines Notizbuches, und ich tat interessiert und sah mir derweil Albrechts Erstgeborenen an und versuchte mir vorzustellen, er sei Rainer, und ich säße mit meinem Sohn in zwanzig Jahren an einem Frühlingstag am See, und mein Sohn habe große Projekte, die weit wegführten von mir, und ich tue interessiert und gebe mir Mühe, ihn in der Form von Hallenbädern zu lieben. Ich weiß, daß ich gar kein Talent zum Mutterstolz habe, daß ich nur traurig sein werde, wenn ich ihn an das Leben verliere. So nennt man das wohl. Es hat ja schon angefangen, schon ist sein Herz übervoll von Moni, einem dreijährigen Pummelchen aus dem Kindergarten. Und immer wird jemand kommen und mir noch ein Stück von ihm wegnehmen. – Ich weiß nicht, ob andere Frauen mehr Talent zum Festhalten haben, mir gleitet so leicht alles aus den Händen; an jenem Morgen, als ich mit Wolfgang zusammensaß und einen Espresso nach dem anderen trank, war ich fest davon überzeugt, daß auch Albrecht von mir gehen würde und ich ihn schon verloren hatte. Wenn nicht jetzt an Lotte, dann bei der nächsten Gelegenheit an eine andere. Ich war vor allem darüber traurig, daß ich wußte, mein Leben ginge auch ohne ihn weiter. Wahrscheinlich, dachte ich, werde ich nicht einmal sehr lange unglücklich sein. Ich habe einfach kein Talent dazu.

Ich hatte offensichtlich sehr lange schweigend dagesessen und nicht einmal ›Aha‹ gesagt oder: ›Das ist großartig, weißt du!‹ oder: ›Du mußt mir noch erklären, wie du dir das farblich vorstellst‹, als mich Wolfgang aufschreckte:

»Sagen Sie, Susanne« – er nennt mich beim Vornamen –, »wer ist eigentlich diese Frau, bei der ich wohne? Was tut sie hier? Ist sie nicht sehr merkwürdig?«

Ich erzählte ihm von Tante Be, die jetzt gerade mit Simonetti und den Hunden spazierenging, den Weg durch das Tal des Rebhuhns, den sie fast an jedem Abend geht und den ich schon ebenso liebe wie sie. Was wird sie tun, wenn er ihr vorschlägt, noch einmal anzufangen? Wie beunruhigt hatte sie ausgesehen! Es war nicht gut für sie. Sie lebte glücklicher, als er endlich nur noch eine Erinnerung war ... Mit der Vergangenheit war sie nun fertig, alle Ungeduld und alle Sehnsucht hatte sie niedergekämpft, endlich war sie nicht mehr abhängig. Abhängig ist man ja gar nicht so sehr von anderen Menschen, weit mehr von den eigenen Gefühlen, die einem die Sicht versperren. In ihrem Leben hatten jetzt alle Dinge den ihnen gebührenden Platz bekommen: die Malerei, die Grundstücksgeschäfte, ihre Hunde, der Garten, die Freunde. Allem wurde sie gerecht und darum auch sich selbst. Jeder Tag war ein richtiges Stück Leben. Sie hatte mit dem einen Fuß, mit dem sie viel zu lange in der Vergangenheit gestanden hatte, endlich den Schritt ins Heute getan, und sie verlor keinen Tag mit der Ungeduld auf den morgigen. Und das sollte sie aufgeben?

Aber wie hätte man irgend etwas davon diesem jungen Mann erklären können? Ich bin kein Rabe, der Lebensweisheiten wie Sekrete absondert, und was nutzen – diese Frage stelle ich mir oft – einem Raben seine Weisheiten, wenn er darüber das Fliegen verlernt. Vor ein paar Tagen erst hat Friedrich Georg zu mir gesagt: »Mit der Weltanschauung verhält sich das so: Den einen gehört die Welt, und die anderen haben ihre Anschauung über sie. Ich vermute, Susanne, du gehörst zu den Weltbesitzern, also zu den Glücklichen.« Auch Tante Be ist in diesem Sinne ein Weltbesitzer.

Aber all das erzählte ich Wolfgang nicht, sondern nur etwas über Tante Bes Familienstand und den Verwandtschaftsgrad und außerdem natürlich, daß ich sie sehr gern habe und viel von ihr lerne.

Wolfgang war mit ihr zum Mittagessen verabredet. Anschließend wollten sie sich das Grundstück am See ansehen, für das er die ersten Bauskizzen machen sollte. Er erwähnte Friedrich Georg mit keinem Wort. Demnach wohnte der doch nicht bei Tante Be. Bevor wir aufbrachen, fragte er zögernd, ob sein Vater auch da sei.

»Natürlich«, sagte ich, »willst du ihn sehen?« Ich versuchte, ganz unbefangen zu sein.

»Es wird sich kaum vermeiden lassen. Was meinen Sie, Susanne?«

»Warum sollte man es vermeiden, Wolfgang? Ich finde ihn beinahe so sympathisch wie seinen Sohn.« Ich lachte ein wenig, und dann tat er's auch und sah dabei seinem Vater noch ähnlicher und deshalb natürlich auch Rainer. Er entschuldigte sich, und ich dachte, vielleicht wird auch Rainer eines Tages einmal sagen, wenn von seinem Pa die Rede ist: »Es wird sich kaum vermeiden lassen.« Ich sah das alles vor mir und wußte, daß es so kommen würde und daß ich nichts dagegen zu tun vermochte.

Wir blickten über den See. Die Platanen hatten die Rinde abgeworfen, ihre gestutzten Äste standen schwarz vor dem silberblauen See. Die Möwen saßen auf den Bootsrändern und schliefen in der Sonne. Der Wind blies kleine Wellen vor sich her, weit draußen sah man ein paar Segelboote. Und an den Berghängen schob sich das Grün der Laubbäume von Stunde zu Stunde ein Stück höher. Es stimmt nicht, daß der Frühling von den Bergen steigt, er steigt leichtfüßig die Täler hinauf – ich wollte meine Beobachtung gerade an Wolfgang weitergeben, als er mich bei den Armen nahm, zu sich herumdrehte, mich ansah und zu meiner Überraschung zu mir sagte: »Wissen Sie eigentlich, Susanne, daß ich meinen Vater beneide? Sie sind verdammt schön!«

Eine merkwürdige Art haben diese jungen Leute, einem so etwas zu sagen! Ich errötete denn auch und freute mich. Ich lachte ihm zu; was für ein netter Junge war das, wirklich zum Liebhaben. »Ich mag dich auch, Wolfgang, sehr sogar!« Ich gab mir Mühe, nicht wie eine wohlwollende Tante zu reden. Dann wollte er mir einen Kuß geben, dort am See, am hellichten Vormittag. Ich hielt ihm schnell die Backe hin, aber dann dachte ich: Sei nicht kleinlich, Susanne, und küßte ihn auf den Mund. Aber eigentlich galten seine und meine Liebesbeweise nur dem Frühling.

Wir gingen Arm in Arm im Sonnenschein am Seeufer entlang, und ich vergaß, auf die Uhr zu sehen, und vergaß, daß mich auf dem Weg nach Ascona ein Nagel im linken Schuh so sehr gedrückt hatte, daß ich ein ganzes Stück barfuß gegangen war. Ich fühlte mich so wunderbar leicht, ich summte vor mich hin, und Wolfgangs Bewunderung lag wie ein Schleier über mir, von dem ich wußte, daß er mir gut stand.

Wie hübsch würde es sein, wenn ich später mit meinem Sohn so Hand in Hand am See auf und ab ginge. Ich war glücklich und wußte, in zwanzig Jahren würde ich immer noch glücklich sein. Und dann fiel mir ein, daß ich vor kaum einer halben Stunde bei der gleichen Vorstellung, Rainer ginge neben mir her, ein hübscher junger Mann, nach dem sich die Frauen umdrehten, unglücklich gewesen war.

War es nicht zum Verzweifeln mit mir? Konnte ich denn nicht wenigstens einen Tag lang unglücklich sein? Es gab doch gar keinen Grund zur Freude und noch weniger einen zur Zuversicht; da oben – ich konnte das Haus, wenn ich genau hinsah, an seinem hellen Rosa erkennen – warteten noch dieselben ungelösten Probleme auf mich. In meine Gedanken hinein fragte Wolfgang: »Seid ihr wenigstens glücklich?«

Was sollte man darauf antworten? Was sollte der Junge denken, wenn ich sagte: »Manchmal ja und manchmal nein?« Er war doch noch in einem Alter, in dem man immer nur eines sein kann und glaubt, die Stimmung eines Augenblicks müsse ein ganzes Leben lang anhalten. Was für ein großartiger Absolutismus – auch der geht einem im Laufe der Jahre verloren. Alle Erkenntnisse erweisen sich nach einer gewissen Zeit als unrichtig und unzuverlässig; zuverlässig war – so schien es mir in dieser Stunde –, daß immer wieder am Morgen die Sonne scheint und daß man dann einfach außerstande ist, unglücklich zu sein.

Ich hätte Wolfgang erklären müssen, daß das

Glück nicht ausschließlich in den Armen seines Vaters lag. Glück, das waren die Zweige der Weide, die so grün über das Wasser hinwehten, war der sanfte süße Duft der Stiefmütterchen aus den Blumenrabatten neben uns, war die Sehnsucht nach meinem Jungen, war Simonetti, ja, auch er, und waren die Verse von Friedrich Georg. Es war dieser Frühling und natürlich auch dieser junge Albrecht, der neben mir ging und mich gern hatte und es mir nicht nachtrug, daß ich ihm den Vater weggenommen hatte.

Aber wie er aus all diesen Faktoren die Summe addieren sollte, wußte ich selbst nicht, und darum entstand eine lange Pause. Und als ich dann schließlich sagte: »Weißt du, Wolfang, ich bin sehr ungern unglücklich, und ich glaube, dein Vater ist es ganz gern –«, da bekamen diese Worte eine viel stärkere Bedeutung, als ich sie ihnen hatte geben wollen. Wolfgang starrte mich an. Er war stehengeblieben, er packte mich wieder bei den Armen, er sagte laut und unbeherrscht: »Susanne! Einer muß es doch fertigbringen! Das alles muß sich doch gelohnt haben, begreift ihr das denn nicht?«

Ich machte mich von ihm los. »Doch, Wolfgang, doch, ich habe es begriffen, daran liegt es nicht. Aber dein Vater –.« Ich brach ab. Das war doch unmöglich, was für eine Szene! Ich war drauf und dran, mich mit dem Sohn über den Vater auszusprechen.

Er hielt mich schon wieder bei den Armen. Wenn er erregt ist, zittert sein Kinn, genau wie bei Albrecht. Er sagte, jetzt allerdings leise und heftig:

»Wenn er dich auch noch unglücklich macht, dann bringe ich ihn um!«

Wenn er nur nicht ›auch noch‹ gesagt hätte! Das hat mich vor allem getroffen. Ich tat, als sei er ein vierzehnjähriger Junge, dem solche Einmischung in die Angelegenheiten von Erwachsenen einfach nicht zustehe, wandte mich von ihm ab und sagte kühl: »Ich bin nicht unglücklich, und sollte ich es einmal sein, wirst du es nicht erfahren. Das geht keinen etwas an, auch dich nicht.«

Er schien ganz verzweifelt. »Susanne!« rief er, zwei- oder sogar dreimal.

»Ach Wolfgang! Laß gut sein. Mach es mir nicht noch schwerer. Ich bin abgespannt, erkältet, nichts weiter. Geh zu Tante Be, grüß sie, aber frag sie nicht aus. Ich rufe dich bald einmal an, und dann kommst du in unser Haus, und dann siehst du mit eigenen Augen, was bei uns los ist.«

Ich wußte, daß ich ihn enttäuscht hatte, und es tat mir sehr leid, ich hätte es auch gern rückgängig gemacht, ich lächelte ihm, so gut ich's konnte, aufmunternd zu und reichte ihm die Hand: »Nimm es nicht so ernst, Wolfgang. Dieser Frühling bringt mich so durcheinander. Man gerät ganz außer sich. Wenn du erst ein paar Tage hier bist, wirst du das auch merken. Und vergiß nicht, wie sehr ich mich freue, daß du gekommen bist. Mach mir Ehre!«

Er beugte sich über meine Hand, und ich strich ihm rasch über sein ernstes Gesicht. Dann ging ich schnell weg.

Zwanzig Meter entfernt stand Friedrich Georg und beobachtete mich.

Ich winkte ihm zu, als sei ich sehr erfreut, rief sogar: »Hallo!« und ging ein wenig schneller. Ich tat, als seien wir miteinander verabredet, und kam mir dabei vor, als sei ich aus Kunststoff, vor allem meine Beine. Ich fühlte mich so unecht. Das Stück Weg, das zwischen uns lag, war viel zu kurz, als daß ich Zeit gehabt hätte, mir ein passendes Gesicht auszudenken, ich wußte auch gar nicht, ob er etwa meine Unterhaltung mit Wolfgang gehört hatte.

Ich hatte Friedrich Georg nicht mehr gesehen seit jenem Morgen, an dem er mit dem Plüschbären auf meinem Bettrand gesessen hatte, und seitdem war schon wieder alles mögliche geschehen. Ich wußte gar nicht mehr, wie wir miteinander standen. Irgendwie hatte ich das Gefühl, wir hätten uns damals für immer getrennt.

Wahrscheinlich konnte er den ganzen Wirrwarr meiner Empfindungen von meinem Gesicht ablesen. Ich stand vor ihm und sah zu ihm auf, und da merkte ich, daß er ebenso ratlos war wie ich, nur daß er diese Ratlosigkeit mit Ärger kompensierte. Statt mir guten Tag zu sagen, fragte er: »Wer war das?«

Was ging ihn das eigentlich an? Er hatte keine Ansprüche an mich zu stellen. – Aber so denke ich höchstens, so fühle ich nie. Denn er hat Ansprüche, natürlich hat er sie, zumindest den auf meine Ehrlichkeit. Man muß wissen, was man vom anderen erwarten darf, und der andere muß wissen, daß auch er etwas erwarten kann. Aller Handel um das ›mit welchem Recht‹ ist kleinlich und nur ein Zeichen von Armut. Ich habe genug Fehler, da will ich nicht auch noch schäbig sein.

Im ersten Augenblick dachte ich, es sei eine rhetorische Frage. Er mußte Wolfgang doch erkannt haben. »Du weißt es wirklich nicht?«

»Nein. Woher? Ich habe diesen Jüngling zum ersten Male gesehen.«

»Es ist kein ›Jüngling‹ mehr. Ich dachte, jeder müsse ihn gleich erkennen. Es ist – Albrechts Sohn, aus seiner ersten Ehe.«

Immer wieder bin ich überrascht, wie schnell Friedrich Georg alles begreift. Den ganzen Komplex von Fragen und Sorgen und Verwirrungen, der in den Worten ›Albrechts Sohn‹ steckt, verstand er und faßte ihn zusammen in einem: »Oh!«

Er blickte Wolfgang nach, der gerade die letzten Platanen der Uferpromenade erreicht hatte, sich nach mir umdrehte, die Hand hob und winken wollte und dann sah, daß ein anderer neben mir stand; er ließ den Arm sinken und stand einen Augenblick still, dann verschwand er rasch in einer Seitenstraße.

»Ja«, sagte ich und ließ auch den Arm sinken, mit dem ich hatte winken wollen, »ja, das ist Wolfgang, dreiundzwanzig Jahre alt, er wird Architekt.«

»Ein bißchen viel, Susanne, was du dir zumutest – aber auch ein bißchen viel für die anderen.«

»Dies ist kein Einfall von mir. Dieser stammt von Tante Be. Außerdem hat Wolfgang hier zu tun.

Tante Be hat ihm einen Auftrag vermittelt. Hast du ihn wirklich nicht erkannt?«

»Ich habe dich im Verdacht, daß du in allen Männern immer nur deinen eigenen siehst, vermutlich auch suchst – in anderen, wohlgemerkt. Vielleicht solltest du in ihm alle Männer sehen.« Während er das sagte, lächelte er und sah doch gar nicht fröhlich aus. Ich war so unkonzentriert. Ich durfte nicht soviel Kaffee trinken. Er redete weiter: »Du mußt ans Bezahlen denken, wenn du nicht verlieren willst – aber das weißt du alles selbst, du gehörst zu den Frauen, die zwar nicht denken können, aber trotzdem eine ganze Menge wissen. Du probierst wohl nur aus, ob es nicht auch ohne Bezahlen geht. Du legst heimlich Groschen zu Groschen ...«

Ich glaube, ich bin ganz blaß geworden. Was redete er da? Er konnte doch von meinem Konto überhaupt nichts wissen. Waren das wieder mal nur Bilder und Parabeln, mit denen er mich erschreckte?

»Hörst du mir eigentlich zu, Susanne?«

»Nein, entschuldige bitte, nicht richtig jedenfalls. Aber das mit dem Bezahlen stimmt nicht, ich habe schon ganz gehörig bezahlen müssen. Tante Be hat neulich übrigens auch so etwas zu mir gesagt. Sie hat allen Ernstes behauptet, ich hätte dich als Mitgift in die Ehe gebracht, und Jugendfreunde seien immer ein gefährliches und oft spät wirkendes Gift und – ach nein, es war anders, warte mal, sie hat gar nicht von Mitgift gesprochen, sondern von Aussteuer, ich bringe alle Geschichten durcheinander. Ich müßte einmal irgendwo in Ruhe nachdenken, am besten wäre es, ich führe –«

Friedrich Georg hielt mir mit Blicken den Mund zu. Er sagte: »Palagnedra, das meinst du doch. Dahin fahre ich, in wenigen Minuten. Und nun sag nicht ›um so besser‹, denn ich würde jetzt auch sehr gern ›um so schöner‹ sagen, aber darum ist es um so schlimmer, verstanden?«

Ich nickte. Er weiß soviel. Und das wird ihn immer daran hindern, unbeschwert und leicht zu sein. Aber daß er dabei versuchte zu lächeln, das liebe ich an ihm und das bewundere ich, und schämen tat ich mich auch, weil ich so oberflächlich bin, so ohne alle Weltanschauung.

Friedrich Georg sagte: »Komm.« Dann fügte er hinzu: »Ihr bleibt euch doch alle gleich«, und damit meinte er offensichtlich alle Frauen.

»Das hätte Albrecht sagen können.«

Wir gingen die Uferpromenade entlang und hatten viele Zuschauer. Alle Tische waren besetzt. Friedrich Georg sagte, ohne den Kopf zu mir zu wenden: »Du willst also wieder einmal hören: ›Komm mit, komm mit.‹ Um mich dann anzulächeln und zu sagen: ›Nein.‹«

Ich schüttelte den Kopf. »Nein – Friedrich Georg –«

»Na also, da haben wir ja wieder einmal mein ›Komm mit‹ und dein dazugehöriges ›Nein‹, und alles ist bewiesen.«

Wir lachten und taten, als sei das die lustigste Geschichte, die wir seit langem gehört hätten. »Wirklich, Friedrich Georg, ich gäbe etwas darum, wenn ich jetzt nicht in die Casa müßte, sondern mit dir kommen könnte!«

»Und was gäbest du, Susanne? Du willst doch nicht sagen, daß du meinetwegen irgend etwas aufgeben würdest? Ich bin kein Ausweg. Daran mußt du dich gewöhnen. Komm, bring mich an den Bus, mein Gepäck ist schon drin, und dann sag auf Wiedersehen und wink ein bißchen.« Er sah auf die Uhr und beschleunigte den Schritt. »Es wird Zeit für mich, meine Liebe.« Jetzt sagte er auch schon ›meine Liebe‹ und in demselben Tonfall wie mein Mann. Er fuhr fort: »Palagnedra liegt in einem Seitental. Es geht von dort kein Weg weiter – das ist nicht von ungefähr, ebensowenig wie meine und deine Vorliebe für diesen Platz.«

Ich ging neben ihm her und dachte: Siehst du, mein Lieber, das ist der Unterschied zwischen einem Dichter und einer Frau. Der Dichter sieht das Symbol, und die Frau sieht ein Dorf im Frühling, und beide meinen sie – Palagnedra. Und laut sagte ich: »Hab es gut! Vermiß mich neben dir, ein bißchen wenigstens!«

Wir standen an der Tür des Omnibusses. Der Fahrer hatte schon ein paarmal gehupt, und es klang so hübsch wie an jenem Tag, als wir durch das Maggia-Tal fuhren. Friedrich Georg nahm mich bei den Ellenbogen, er hob mich ein Stück hoch, in Augenhöhe, das hatte er seit Jahren nicht getan, und dann stellte er mich schnell wieder auf den Boden und sagte: »Los, los, mach, daß du nach Hause kommst – sonst packe ich dich doch noch in den Bus. Das hast du vermutlich hören wollen.«

Dann ist er eingestiegen, und ich habe mich sehr geschämt. Ich habe mich auch gleich umgedreht und bin weggegangen, und gewinkt habe ich auch nicht. Während ich mit der Straßenbahn nach Locarno zurückfuhr, mußte ich immer denken: Jetzt blickt er hoch und sieht den Monte Bré, und jetzt ist er schon im Centovalli – dem Tal der hundert Täler: Centovalli – ›ich liege auf hundert Sommern‹ –, hundert Sommer, hundert Täler, ich wußte schon wieder nicht, ob ich nun reich war oder arm und ob ich nicht am Ende schon wieder vergessen hatte, unglücklich zu sein.

In Locarno machte ich schnell noch ein paar Einkäufe. Das ist ein Rezept von meinem Vater. Es ist nämlich viel leichter, mit einem Armvoll Paketen nach Hause zu kommen: Man hat gleich etwas, worüber man reden kann, und vielleicht kann man den Mund, der sich gerade eben zu Vorwürfen öffnen will, schnell noch mit ein paar Süßigkeiten stopfen. In Albrechts Fall muß es etwas Saures sein. Im Fischladen war ich also auch.

Die Sonne stand hoch am Himmel. Nirgends ein Wölkchen, und nirgends ein kleiner Schatten. Von Treppe zu Treppe wurde mir wärmer. Ich hatte die Jacke längst ausgezogen. Aber mir wurde nicht nur immer wärmer, je näher ich dem Hause kam, sondern auch immer bänger. Aus dem Päckchen mit den Fischmarinaden begann es zu tropfen, und es dauerte keine zwei Minuten, da erschien so ein elendes Hundevieh und zockelte hinter mir her. Ich machte »Kschsch« und redete ihn mit *»cane«* an und mit *»Supercortemaggiore«* und stampfte mit dem Fuß, aber das hatte lediglich den Erfolg, daß sich der Nagel im Schuh wieder bemerkbar machte. Ich setzte mich auf eine Mauer, warf dem Hund die Marinaden hin und zog erst einmal den Schuh aus. Ich ahnte es ja! Ein tiefes Loch in der Ferse, und der Strumpf ganz blutig. Mit dem Nagel im Schuh war dann das ganze übrige Elend auch wieder da. Wenn ich hinaufblickte, konnte ich den Viadukt sehen, aber jetzt im Mittagssonnenschein sah er ganz harmlos aus. Nicht einmal die Knospen an den Rosenhecken freuten mich. Friedrich Georg war meinen Blicken und Gedanken bereits völlig entschwunden, in sein Seitental, aus dem es keinen Ausweg gab.

Ich sah die beiden schon von weitem auf der Brüstung der Terrasse sitzen. Ich gab mir Mühe, nicht allzu kläglich auszusehen, sprang munter die letzten Stufen hinauf, sang vor mich hin, obwohl ich kaum noch atmen konnte vor Herzklopfen, nahm immer zwei Stufen auf einmal, schlenkerte in der einen Hand die Jacke und die Tüten und in der anderen die Schuhe und die übrigen Tütchen, rief schon von weitem »Hallo« und dann sogar *»Pronto, pronto«* und hatte wieder das unangenehme Gefühl, aus Kunststoff zu sein. Diesmal saß es nicht nur in den Beinen, ich schmeckte es vor allem im Mund. Ich dürfte nicht soviel Espresso trinken. Oben warf ich mein Gepäck auf die Balustrade neben der Gartentür und ging zuerst einmal an die Quelle und tauchte die Arme tief in das Becken und spritzte mir Wasser ins Gesicht und trank ein paar Schlucke, und dann hielt ich auch noch die Füße in das eiskalte Wasser. Danach erst wagte ich mich auf die Terrasse. Ich fing schon von weitem an zu erzählen, daß ich Besorgungen gemacht und wer weiß wen alles getroffen habe, und darum sei es so spät geworden. Albrecht versicherte mir, daß mir doch niemand daraus einen Vorwurf gemacht habe, und ich versicherte ihm, das hätte ich auch nicht so aufgefaßt. Ja, und dann sagte ich, schon im Weggehen, daß ich auch Friedrich Georg getroffen habe, und der fahre jetzt gerade nach Bosco Gurin, um dort in Ruhe zu arbeiten –. Auch diesmal nannte ich nicht den Namen von Palagnedra. Es blieb ein Geheimnis zwischen Friedrich Georg und mir.

Albrecht wiederholte: »Arbeiten?« – als hielte er Bosco Gurin für einen Ort, auf dessen Wiesen die Poeten Verse pflücken wie andere Leute Gänseblümchen. Ich hielt es für angebracht zu wiederholen: »Jawohl, um zu arbeiten.«

Lotte warf ein, daß er, gleich nachdem ich fortgegangen war, im Hause gewesen sei und sein Gepäck geholt habe; daher wüßten sie das schon. Und dann sagte sie: »Wir dachten, Sie seien mitgefahren.«

»Wie bitte?« Zuerst glaubte ich, mich verhört zu haben. »Wieso denn das? Ich hatte doch nichts mit.« Dann kam mir das albern vor, als ob man nicht auch mit einer Wolljacke und einer Handtasche nach Bosco Gurin fahren könnte. Vor einer Stunde noch hatte ich es gewollt oder wenigstens so getan, als wollte ich es, nur um zu sehen, wie Friedrich Georg darauf reagierte. Was für ein Unterschied! Vorhin war es eine Verlockung, und jetzt, als Lotte es aussprach, war es eine böswillige Verdächtigung.

Ich lächelte sie an, wie man bei solchen Gesprächen zu lächeln pflegt: »Ich bin wieder da, wie Sie sehen. Alle Befürchtungen oder auch Hoffnungen waren umsonst.«

Wenn Albrecht aufgesprungen wäre und mir ins Gesicht geschlagen hätte, dann wäre mir recht geschehen, ich hätte mich auch keineswegs gewundert, und ich glaube sogar, er hätte es ruhig tun sollen. Manchmal habe ich richtig ein Bedürfnis nach Strafe – aber vielleicht hat mir das auch Albrechts Freund, der Psychologe, nur eingeredet. Mir sitzen die Worte zu lose. Ich probiere gern aus, wie weit ich gehen kann. Ich bin neugierig, was mir dabei noch alles passieren wird.

Zwischen Albrecht und Lotte herrschte, seitdem sie aus Indemini zurück waren, eine Übereinstimmung und eine Ausgeglichenheit, die ich erst nach und nach wahrgenommen habe. Sie arbeiteten vier Stunden lang ganz konzentriert, auch wenn ich nicht anwesend war. An jenem Nachmittag, als wir alle drei auf der Terrasse lagen, sprachen sie wenig miteinander, aber wenn, dann geschah es in einem neuen, ruhigen Ton, der beinahe schon behutsam war. Diese sehr veränderte Lotte gefiel mir besser. Sie nötigte mir sogar zeitweise Achtung ab. Je länger ich mit anderen Frauen zusammen bin, desto besser gefalle ich mir selber – so ist das sonst. Bei Lotte erging es mir anders.

Als sie am späten Nachmittag unter der Pergola stand und auf den See hinuntersah, auf dem die Sonne einen breiten blaßroten Pinselstrich hinterlassen hatte, sah das Mädchen sehr einsam aus. Ich habe eine Weile neben ihr gestanden, ich hätte ihr gern den Arm um die Schulter gelegt. Ich habe nie eine Schwester gehabt, aber so ähnlich fühlt man sich wahrscheinlich zu einer Schwester hingezogen. Auch in dem Gefühl wird wohl beides sein: Ablehnung und Sympathie, Nachgeben und Sichwehren. Sie war so allein hier. Alles war fremd für sie, sie hatte doch wirklich nur Albrecht, und der war ihr Chef, und sie hatte keine Ferien, für sie hatte nur der Arbeitsplatz gewechselt. Sie mußte die hübschere Kulisse sehr teuer bezahlen. In Albrechts Praxis ist ihre Stellung wesentlich besser als in meinem Haus.

In der Stunde der Dämmerung bin ich immer sehr einsichtsvoll, und manchmal könnte man dann wirklich meinen, aus mir würde noch einmal ein besserer Mensch.

Die Weinstöcke hatten an den wenigen Sonnentagen seit dem Regen winzige Blätter bekommen, und sogar die Blütenstände konnte man schon erkennen. Bald würde das Weinlaub Schatten auf die Terrasse werfen, aber wir würden nicht mehr hier sein; schon wieder war einer dieser kostbaren Frühlingstage zu Ende, und es war mir leid um alles, was ich wieder falsch gemacht hatte. Ich wollte so gern, daß alle hier glücklich wären, daß jeder so bis in die Fingerspitzen spürte: jetzt ist Frühling. Aber es ist so schwer. Immer sind es nur Augenblicke. So wie diese halbe Stunde am Seeufer mit Wolfgang.

Einmal, an einem Sommerabend, hatte ich mit Albrecht auf der Terrasse gestanden. Ich hatte mich an einen der Maulbeerstämme gelehnt, über die sich die Ranken der Weinstöcke zueinander schwingen, der Abendstern stand schon am Himmel, wir hatten gemeinsam unseren Jungen zu Bett gebracht, er war noch klein, ein Baby noch. Ich mußte mich an Albrecht festhalten, weil ich dachte, ich würde sonst fortgetragen von diesem Gefühl. Ich dachte, wenn ich es jetzt versuche, dann müßte ich fliegen können, so leicht war ich. Aber ich hatte Angst. Ja, Angst hatte ich auch, und darum hielt ich mich an ihm fest. »Was ist denn, Huschi, was ist denn?« hat er gefragt, und ich versuchte ihm das zu erklären, daß er mir ein paar dicke Steine an die Füße binden müsse, damit ich nicht wegfliege von ihm. »Willst du denn weg von uns, Huschi?« – »Nein, nein!« Er hielt mich in den Armen und zählte mir alle Steine auf, die er an mich hängen wollte, Turmalin und Aquamarin und Smaragd und Topas – um den Hals wollte er sie mir hängen, weil das hübscher sei für eine Frau. Und am folgenden Tag sind wir nach Mailand gefahren, und er hat mir einen Mondstein geschenkt an einer Platinkette. Viel zu kostbar, aber wunderschön. Er ist ein Zauberstein – wenn ich ihn mit der Hand fest umschließe, dann ist alles wieder da: der Abend, der See, der Stern –

Wenn es am Ostufer des Lago noch hell ist, liegt über unserer Seite des Sees schon Dunkelheit. Man sehnt sich dann von dieser Abendseite fort, man möchte drüben sein, wo es nicht schon so bald Nacht wird. Ich spürte bei Lotte eine Traurigkeit, die vielleicht aus derselben Quelle aufstieg. Ich war zu einer Aussprache mit ihr bereit. Es war wohl doch nötig, daß wir miteinander redeten, und von mir als der Älteren mußte es ausgehen. Aber Lotte schüttelte den Kopf. Jetzt war sie es, die sagte: »Es gibt nichts mehr zu reden.« In ihrem Gesicht lag ein Zug, der mich zwang, ihr Schweigen zu respektieren. Sie ließ mich genausowenig an sich heran, wie Albrecht es tat.

Friedrich Georg hatte sich zurückgezogen, und Tante Be hatte ihre eigenen Sorgen. Von Wolfgang war keine Hilfe zu erwarten, höchstens weitere Schwierigkeiten; woher war überhaupt Hilfe zu erwarten? Nicht einmal das Bild, das Rainer für uns gemalt hatte, hatte seinen Vater gerührt. Er hatte es sicher nur für einen Zug in meinem Schlachtplan gehalten, und wenn ich ehrlich bin, hatte ich es ihm ja auch mit genau dieser Absicht hingehalten. Zu einem ganz falschen Zeitpunkt. Alles hatte ich falsch gemacht. Ich wäre gern von einem zum anderen gegangen und hätte mich entschuldigt. Ich weiß nicht, ob das anderen Leuten auch so geht, daß sie an dem eigenen Unglück immer selbst schuld sind, wie man's auch dreht und je mehr man's dreht. Im Recht bin ich nie.

Am nächsten Tag war ich zu unruhig, um im Liegestuhl in der Sonne zu bleiben, und zu faul, um einen weiteren Spaziergang zu machen. Ich habe länger als eine Stunde bei Picelli gesessen, an einem Eisbecher gelöffelt und in Zeitschriften geblättert; ich habe meinen Gemüsehändler besucht, der mir kein einziges Kompliment gemacht hat, obwohl ich Artischokken und sehr viel frische Brunnenkresse kaufte. Sogar zum Friseur bin ich gegangen, weil ich mich in allen Schaufensterspiegeln so häßlich fand, aber nachher gefiel ich mir auch nicht besser. In einem Hauseingang kämmte ich mir die Locken aus, und dann schlenderte ich über die Piazza und hoffte, daß ich Wolfgang träfe oder Tante Be oder Simonetti, irgendeinen, mit dem ich hätte reden können. Nur so ein zweibeiniges Echo, zu dem man sagen kann: »Sieh nur, die Rosen sind nun auch schon soweit« oder: »Riechst du das? Das kann doch kein Thymian sein –?«

Aber keiner tauchte auf. Ich ging aus lauter Langeweile zur Bank, aber nicht einmal das Ausschreiben des Schecks machte mir Spaß. Mir war die ganze Geschichte mit meinem Konto nicht mehr geheuer. Darum habe ich das Geld in der nächsten

Stunde auch gleich wieder ausgegeben. Ich kaufte Geschenke ein, entdeckte eine Spieldose für Rainer, aber ich glaube, daß ich alle Spieldosen, die bei uns herumstehen, viel mehr für mich als für ihn gekauft habe. Diese war eine richtige Schwyzer Spieldose, hellblau lackiert und obendrauf der Rütliberg und Herr Wilhelm Tell in einem braunen Wams, ihm gegenüber das Tellsbübli, und wenn man die Uhr aufzog, dann schoß Herr Tell den rotbackigen Apfel vom Kopf des rotbackigen Tellsbübli, und dazu erklang:

«Mit dem Pfeil, dem Bogen
Durch Gebirg und Tal –«

Am liebsten hätte ich die Spieldose in den Arm genommen und wäre damit an all den Leuten, die vor den Cafés saßen, entlanggegangen. »Mit dem Pfeil, dem Bogen –.« Manchmal ist Kunst doch wirklich nur in der Übersetzung zum Kitsch erträglich. Meine Stimmung hatte sich gebessert. Nur weil Albrecht es nicht mag, wenn ich mich auffällig benehme, ließ ich es zu, daß man das blaue Ding in einen Karton packte. Zu Hause versuchte ich, Albrecht und Lotte meine Erkenntnis über Kunst und Kitsch klarzumachen, aber entweder ist meine Ansicht darüber falsch, oder ich bin ein schlechter Interpret meiner Einfälle. Die Spieldose sah auch gar nicht mehr so lustig aus wie unten in dem Laden.

Das ist nicht die einzige Erkenntnis geblieben, die

mir dieser langweilige Tag eingebracht hat. Ich stellte außerdem fest, daß ich nicht einmal an ›Naturalien‹ Freude habe, wenn ich sie niemandem zeigen kann. Ich bin das unvollkommenste Wesen der Welt, wenn ich auf mich selbst angewiesen bin. Nicht einmal ins Kino mag ich allein gehen. Und das, was mir gehört, möchte ich immer allen anderen zeigen – nie macht mir Rainer soviel Spaß wie bei unseren Nachmittagsspaziergängen im Stadtpark, wenn die Leute stehenbleiben und sagen: »Was für ein süßer kleiner Kerl!« Als ob ich etwas dafür könnte, daß er so niedlich geraten ist. Insgeheim denke ich allerdings, daß es doch weitgehend mein Verdienst ist. Ich habe einfach gern ein Publikum. Alle besseren Leute behaupten, sie hätten an sich selbst genug, sie langweilten sich nie. Ich langweile mich sehr rasch in meiner Gesellschaft.

Am Nachmittag sah ich den ersten Schmetterling, einen Zitronenfalter, und eine Stunde später entdeckte ich die erste Eidechse, die aus einem Mauerspalt hervoräugte. Aber mit Eidechsen läßt sich ja nicht reden.

Schließlich ging auch dieser Tag zur Neige. Ich war von lauter Nichtstun müde. Albrecht und Lotte nahmen mich mit zu einem Abendspaziergang. Ich trottete hinter den beiden her, riß hier einen Zweig ab, da ein Blatt, steckte Grashalme in den Mund, aber auch damit zog ich weder Albrechts Interesse noch seinen Tadel auf mich. Ich blieb stehen, um an irgendwelchen Blumen zu riechen, der Abstand zwischen ihnen und mir vergrößerte sich immer mehr. Die beiden waren in der Kirche verschwunden, und nachdem ich erst eine Weile vor der Tür herumgestanden hatte, bin ich ihnen gefolgt. Sie betrachteten mit Ausdauer ein paar Fresken, die so stark abgeblättert sind, daß man kaum etwas am hellen Tag hätte sehen können, geschweige denn in der Dämmerung. Ich hatte Albrecht noch nie so lange vor einer Kirchenwand stehen sehen, mit gerecktem Hals und Andacht im Blick. Mein Mann als Kunstliebhaber. Lotte wußte alles mögliche über die Fresken zu sagen, sie datierte sie, kommentierte, sprach von Ikonographie und Attributen und Emblemen. Unter anderen Umständen hätte mich das wahrscheinlich interessiert, sie schien nämlich wirklich etwas von Malerei zu verstehen, gesagt hatte sie bis dahin nichts davon. Sie hat sich auf kein Kunstgespräch mit Tante Be eingelassen, demnach hält sie nichts von deren Malweise. Mein armer Albrecht nickte, sah alles, verstand alles, bewunderte alles. Wahrscheinlich hätte er dasselbe Interesse für einen ausgestopften Maikäfer gehabt. Ich hatte an dem Abend für sakrale Kunst noch weniger übrig als für profane. Wahrscheinlich habe ich wirklich eine Vorliebe für Kitsch.

Die Abendmesse war zu Ende, der Weihrauchduft schwebte noch im Raum und mischte sich mit dem Duft von Wachskerzen und welken Blumen, mir wird immer ein wenig übel, wenn ich lange in einer Kirche bin. Die beiden haben gar nicht gemerkt, daß ich vor ihnen die Kirche verlassen habe und zurückgegangen bin.

Ich weiß nicht, von welchem Augenblick an ich aufgehört habe, im Mittelpunkt zu stehen. Angenehm war mir das nicht, und daß ich mich darüber ärgerte, war mir das Unangenehmste daran. Simonetti hatte mir Tante Be weggenommen, Friedrich Georg betrog mich mal wieder mit der Kunst, und Albrecht und Lotte benahmen sich, als stünden sie auf einer Eisscholle und trieben unaufhaltsam von mir fort, und nur aus Taktgefühl oder auch aus Furcht, was weiß ich, machten sie unglückliche Gesichter. Und von Wolfgangs Bewunderung hatte ich herzlich wenig. Wer weiß, wen er jetzt bewunderte. Vielleicht das Honorar, das er für sein Projekt am See bekommen würde. Es war sicher ganz hübsch für den Jungen, ein paar Tage im Frühling honorierte Ferien in Ascona zu haben – aber was hatte ich davon? Und meinetwegen hatte ihn Tante Be ursprünglich doch herzitiert. Jetzt geschah überhaupt nichts mehr meinetwegen. Ich wurde von Albrecht so zuvorkommend behandelt, als sei ich eine gute Wirtschafterin, von der man befürchten muß, daß sie kündigen könnte, wenn ihr etwas nicht paßt.

Ein einziges Mal war es mir gelungen, sein Interesse zu wecken. Mittags, als ich in kurzen Hosen auf der Steinbrüstung lag und mich sonnte, setzte er sich neben mich, betrachtete aufmerksam meine Beine, tippte mit dem Zeigefinger mal hierhin und mal dahin und sagte: »Du hast doch wirklich auch auf den Knien Sommersprossen.«

Keiner schien sich darüber im klaren zu sein, daß unsere Ferien zu Ende gingen. Zwei Tage hatten wir nur noch. Ich wollte so gern einmal über den See fahren! Irgendwo war immer ein weißes Schiff unterwegs. Wir konnten sie von der Terrasse aus beobachten. Jetzt legte es in Magadino an, dann zog es dicht am Ufer entlang nach Gerra, nach San Abbondio, und wenn man wieder hinsah, war es schon hinter einer der Brissago-Inseln verschwunden, ein neues tauchte auf, vorn an der sandigen weißen Landzunge, die Locarno von Ascona trennt – ach, ich wäre so gern ein einziges Mal mit einem weißen Schiff über den Lago gefahren!

Aber Albrecht ging am nächsten Tag gleich nach dem Frühstück nach Locarno, er mußte sich um das Auto kümmern und hoffte, daß er es am Mittag schon zur Rückfahrt benutzen konnte. Lotte erledigte seine Korrespondenz, und ich malte einen Brief an unseren Sohn. Da ich gar keine Übung habe, mißriet der Brief. Ich bin außerstande, auch nur einen Liegestuhl zu malen. Das einzige, was Rainer erkennen würde, war ein Schmetterling. »Ein Meckerling, ein Meckerling«, ruft Rainer, er kann immer noch kein ›Schm‹ sagen, er wird es wohl auch nie lernen, wenn wir uns nicht abgewöhnen, ebenfalls ›Meckerling‹ zu sagen. Meine Eidechse sah aus wie ein Drache. Am besten kann ich Teddybären im

Profil malen, darin habe ich Übung, früher habe ich immer einen Bären auf die Briefe an Albrecht gezeichnet. Ich sollte wirklich bei Tante Be ein paar Malstunden nehmen, es muß doch möglich sein, daß man so ein paar einfache Sachen zu zeichnen lernt. Ich war sehr unzufrieden mit mir. Ich schrieb einen Begleitbrief an meine Mutter, und der geriet beinahe noch schlechter – und schreiben habe ich nun wirklich gelernt. Es stand so oft in dem Brief, das es uns gutgehe, daß wir vergnügt seien, daß das Wetter herrlich sei und das Haus uns soviel Freude mache, daß ich meine Mutter vor mir sah, wie sie die Augenbrauen hochzog und die Brille abnahm und in Vaters Zimmer ging, um mit ihm ›über die Kinder zu reden‹.

Mittags rief Albrecht an. Er habe noch länger zu tun, er werde unten eine Kleinigkeit essen. Wir sollten nicht auf ihn warten. Es könne spät werden. Das Auto sei noch nicht fertig. Wenn ich mir irgend etwas vornehmen wolle – bitte sehr, keine Rücksicht auf ihn. Lotte könne man vielleicht vorschlagen, auf die Cardada zu fahren, wenn sie mit den Briefen fertig sei. Soviel er sehe, sei kein Schnee mehr oben –

Ich war ärgerlich. Ich ging in die Küche, schaltete die Herdplatten aus und tat die Artischocken wieder in den Kühlschrank. Das fehlte noch, daß ich für Lotte kochte! Auch meine Toleranz hatte Grenzen. Es gab heute eben kein Mittagessen, sollte sie sich doch einen Kaffee kochen und Schokolade essen, sollte sie ruhig noch mehr süßen Kaffee trinken und noch mehr Milchschokolade essen, in fünf Jahren würde sie's schon bereuen. In zwei Jahren.

Dann ging ich und richtete Lotte die Aufträge aus. Sie war bereits fertig mit den Briefen. Irgendwie sah das alles nach einer Verabredung aus. Sie lief sofort nach oben, kam wenige Minuten später in engen Hosen und einem noch engeren Pullover herunter, machte überhaupt kein Hehl daraus, daß sie froh war, das Haus verlassen zu können. Sie gab bereitwillig zu, daß sie auf die Cardada fahren wolle, und dann fragte sie doch wirklich mit ihrem scheinheiligen Lächeln, ob ich nicht mitkommen wolle, oben sei doch die Sonne sicher viel kräftiger als hier. Ob sie meinen Brief mitnehmen könne, sie ginge vorher in Orselina zur Post. Ich hatte ihn an Rainer adressiert. »Bitte«, sagte ich, »das ist sehr liebenswürdig von Ihnen, Lotte.«

»Kann Rainer denn schon lesen?« hat sie gefragt.

»Nein – aber der Briefträger!«

Ich war wieder einmal allein in meiner Casa. Ich zog mir meinen allerkleinsten Luftanzug an und gedachte, endlich mit Geduld und Sonnenöl die noch fehlende Bräune zwischen den Sommersprossen zu erwerben. In der ersten halben Stunde ärgerte ich mich über Albrecht, dann über Lotte, dann über mich, weil ich mich ärgerte. Dann dachte ich darüber nach, ob Albrecht nun wohl die Funicolare verunglücken lassen würde. Aber diesmal saß ich ganz allein hier, und Friedrich Georg war weit weg, und eigentlich war es ja doch schade, daß ich nicht mitgefahren war, hier vermißte mich sowieso keiner, und wenn die beiden wieder erst am nächsten Tag zurückkehrten – da wurde ich von einem Frosch abgelenkt, der neben mir auf die Steine plumpste, einen Meter vor mir hockenblieb und mich mit seinen Glupschaugen interessiert betrachtete. Wir verblieben lange Auge in Auge, und je länger ich ihn ansah, desto ähnlicher wurde er meinem Onkel Paul, der sieht einen auch so an und läßt die Augen stehen und vergißt, den Blick wegzunehmen. Dann muß ich eingeschlafen sein.

Das Telefon schreckte mich auf. Als ich ins Haus lief, merkte ich schon, daß ich einen Sonnenbrand hatte.

Tante Be war am Apparat. »Wie wäre es mit einem Spaziergang, Suschen?« – »Natürlich, Tante Be!« Endlich entsann sich mal jemand, daß ich auch noch da war. Wir verabredeten uns auf der halben Strecke zwischen Ascona und Locarno. Sie hatte Albrecht getroffen, als er aus der Kantonalbank kam. »Woher kam er? Von der Bank? Was tut er denn da? Er hat doch gar kein Konto!« Merkwürdig.

Ich puderte mir den Rücken und die Beine, unter die Wäscheträger schob ich kleine Wattebäusche und zog das Kleid mit dem weitesten Rückenausschnitt an. Sogar die Fußsohlen hatte ich mir verbrannt. Dafür hüpften denn auch die Sommersprossen noch immer vereinzelt über meine Knie.

Tante Be kam ohne ihre Hunde. Gefragt habe ich

nicht, aber vermutlich waren sie bei Simonetti, der noch nicht abgereist war. Ich hatte angenommen, Tante Be wolle sich mit mir aussprechen. Wir hatten genug Themen, und ich war froh, daß wir einmal nicht über mich reden mußten.

Meine Frage nach Wolfgang tat sie mit einer ihrer raschen Handbewegungen und mit der Bemerkung ab, daß er erstaunlich wohlerzogen sei. Ich hatte den Eindruck, als richte sich dieses ›erstaunlich wohlerzogen‹ gegen mich und meine Einflußnahme auf die Entwicklung des jungen Mannes, nur deshalb ging ich drüber weg. Sie sagte außerdem, daß ich mir schon wieder einen Verehrer heranzöge, und darauf ging ich erst recht nicht ein. Es war besser, man hielt sich an die Realitäten. Wo war er überhaupt?

»Unterwegs. Er sieht sich neue Bauobjekte in der Umgebung an. Am liebsten wäre er mit einem Hubschrauber über die Ufer und die Berghänge geflogen, weil es unerläßlich sei für einen Architekten, sich einen Überblick über die Landschaftsbezogenheiten –.« Sie brach mitten im Satz ab, schien mit ihren Gedanken ganz woanders zu sein. Sie sagte nur: »Er kompliziert das Ganze, weißt du. Ich hatte gedacht, er würde mir eine einfache Skizze machen, mein Interessent versteht sowieso nichts davon, der will ein wenig Kapital in der Schweiz investieren, und jetzt redet Wolfgang von einem ›neuen Tessiner Baustil‹, den er finden will. Ich habe ihm vorgeschlagen, auf die Cardada zu fahren, die Funicolare ist beinah so gut wie ein Hubschrauber.«

»Wenn er das bloß nicht tut, Tante Be! Hast du Wolfgang wirklich gesagt, daß er mit der Funicolare auf die Cardada – du liebe Zeit! Albrecht weiß doch gar nicht, daß er hier ist, und wenn Wolfgang ihn mit Lotte zusammen sieht –. Gestern hat er zu mir gesagt, daß er seinen Vater umbringen würde, wenn er mich unglücklich machte, Tante Be...«

Tante Be blieb uninteressiert. Von der ganzen Katastrophe, die da heraufzog, begriff sie nichts. Ich war eben dabei, mir die Szene in der Gondel vorzustellen – Albrecht – Lotte – Wolfgang, der Sohn, der seinen Vater zur Rechenschaft zieht –, als Tante Be seelenruhig sagte, sie gedenke, sich in Locarno einen Hut zu kaufen. Es sei unerläßlich. Sie könne nicht immer mit einem Kopftuch herumlaufen, und die Baskenmütze ginge auch nicht mehr.

Ich starrte sie an, aber da sie sich nicht zu mir umdrehte, merkte sie nichts von meiner Überraschung. Meine Tante Be! War das denn möglich? Tante Be wollte einen Hut kaufen. Und sie sagte das in allem Ernst, man konnte nicht einmal darüber lachen – ich begriff auch gleich, was mit ihr los war: Es war wieder jemand da, für den sie hübsch sein wollte. Und vielleicht hat er ihr früher einmal gesagt, daß er sie gern mit Hut sehe. Irgendwie war das alles sehr schön und sehr traurig, und man durfte einfach gar nichts dazu sagen und ganz bestimmt nicht darüber lachen. Nur wegen dieses Hutkaufs hatte sie mich angerufen.

Wir haben einen Hut gekauft, einen wunderhübschen Hut, veilchenblau, mit einem breiten schwingenden Rand aus weichem Samt; ihr graues Haar sah ganz silbern aus, und aus meiner Tante Be wurde eine Dame. Sie stand vor dem Spiegel und lächelte mit sich und ihren Erinnerungen. Mich hatte sie völlig vergessen und die Verkäuferin und die ganze übrige Welt, und nachher vergaß sie sogar, den Hut zu bezahlen, und ich mußte das tun, sie hat das nicht einmal bemerkt.

Was ist das für eine aufregende Sache: ein Leben! Früher habe ich gedacht, so etwas passiere einem nicht mehr, wenn man über Dreißig ist, und jetzt sah ich meine Tante Be, meine kluge, tüchtige und unabhängige Tante Be, und die war schon über Fünfzig!

Wir sind in eine Bar gegangen, haben Wermut getrunken, und Tante Be hat viel zuviel getrunken, sicher hatte sie den ganzen Tag noch nichts gegessen. Sie träumte unter ihrem violetten Hut und lächelte und trank. Zwei Herren saßen außer uns in der Bar und beobachteten uns in einem Spiegel. Der Ältere lächelte mir zu, und weil Tante Be sowieso nichts merkte, lächelte ich zurück. Lächeln kann nie schaden. Wenn ich nur hätte sitzen können! Oben an den Beinen war der Sonnenbrand am schlimmsten. Ich rutschte in meinem Sessel hin und her, schließlich stand ich auf, und mein Lächel-Kavalier tat es auch, und auf einmal war Tante Be wieder da. »Setz dich«, sagte sie. »Suschen, du mußt aufpassen. Albrecht bereitet etwas vor. Er war sehr merkwürdig heute morgen. Er hat mir Fragen gestellt, die ich mit Vorsicht beantwortet habe, aber ich glaube, er kommt dir auf die Schliche.«

»Albrecht? – Tante Be! Der hat andere Dinge im Kopf, der gondelt mit seiner Lotte auf die Cardada, dabei haßt er Drahtseilbahnen.« Während wir in dem Hutsalon waren und in der Bar saßen, hatte ich das Drama, das sich auf der Cardada abspielte, vergessen, aber jetzt brach meine ganze Verzweiflung mit einem Schlag wieder über mich herein. Ich hatte doch keinen, außer Tante Be, mit dem ich darüber reden konnte.

»Wenn ich ihn nur verstehen könnte, Tante Be! Bitte, denk einmal darüber nach, hast du – damals – deinen Simonetti verstanden? So – richtig verstanden, was er fühlt und denkt? Ach, du weißt schon, was ich meine.«

Tante Be sah mich nachdenklich an. Sie winkte dem Kellner und bestellte zwei weitere Wermut, und dann sagte sie wieder in dem Tonfall, in dem man mit einer Siebzehnjährigen spricht: »Suschen, wenn du doch nicht versuchen wolltest, deinen Mann zu verstehen! Wenn er eine verständnisvolle Frau hätte haben wollen, eine, die auf ihn und seine Interessen eingeht, dann hätte er dich nicht geheiratet, dann hätte er wahrscheinlich, ich glaube nicht, daß ich mich täusche, so ein Mädchen wie diese Lotte genommen.« Leider hatte sie nun auch noch im Spiegel meinen Kavalier entdeckt und beschloß ihre Rede mit einem erneuten und nachdrücklichen: »Suschen!« Und von sich und Simonetti hat sie wieder kein Wort gesagt, als sei das etwas, was keinerlei Parallelen zu Albrecht und mir zulasse.

Der Kellner brachte den Wermut. Ich sagte: »Kein Soda! *No – puro*«, trank das Glas in einem Zuge aus, stellte es auf den Tisch und sagte: »*Mille grazie*, Tante Be! Das war deutlich! Dabei tue ich seit Tagen nichts anderes, als ihn und seine Aktionen und die Reaktionen zu beobachten und zu verstehen. Daß man mich immer davon ablenkt und daß ich immer einschlafe, genau dann, wenn ich beinahe dahintergekommen bin, dafür kann ich doch nichts.«

Aber was hatte es für einen Sinn, ihr das klarzumachen. Sie hatte eben auch keine Ahnung. Sie war nie verheiratet. Und wenn sie auch mit diesem Simonetti zusammengelebt hatte, eine Ehe ist so etwas eben doch nicht. Und weil ich mich über sie geärgert hatte, sagte ich ziemlich laut: »Trink nicht soviel, Tante Be!«

Etwas Schreckliches ging mit ihr vor. Ihr Gesicht verfiel, von einer Sekunde zur nächsten, die Verzauberung wich. Der Hut war nicht mehr hübsch, und ihre Augen verloren das Leuchten, ihre Hand zitterte, und sie verschüttete den Wermut auf ihre Bluse, als sie das Glas abstellte. – Ich kam mir so gemein vor. Nur weil ich selbst unglücklich war, konnte ich nicht ertragen, daß ein anderer glücklich war, noch dazu einer, der mich gern hatte und so viel für mich getan –

Ich weiß nicht, wie lange sie so dagesessen und vor

sich hin gestarrt hatte. Nachher hat sie den Hut abgenommen, zusammengerollt und in die Handtasche gesteckt. Ihr Haar war unordentlich und grau, ihre Bluse zerdrückt, und der Wermut hatte einen dunklen Flecken zurückgelassen, an dem sie mit ihrem Taschentuch achtlos herumwischte. Sie winkte: »*Cameriere!*«

Ich wollte mich so gern entschuldigen, aber sie hat mir keine Gelegenheit gegeben; sie ist rasch aus dem Lokal gegangen, hat ein Taxi herbeigewinkt und sich nur noch einmal nach mir umgedreht und gesagt: »Ich danke dir, Suschen. Du hast ganz recht, ich weiß jetzt wieder, was ich zu tun habe.«

Es war schrecklich. Ich stand allein auf der Piazza, und alle Leute, die vor den Cafés saßen, schienen mich anzustarren. Das Auto fuhr in Richtung Ascona fort, und ich hatte das Gefühl, daß ich Tante Be nie wiedersehen würde. Ich habe das nächste Taxi genommen und bin nach Hause gefahren.

Es war noch fast hell, aber an diesem Abend war die Beleuchtung anders als sonst, unheimlicher, ich sah das sofort, noch bevor ich die Gartenpforte aufklinkte. Der Lorbeerbaum stand so schwarz vor der Hauswand, und alles war in ein eigentümlich violettes Licht getaucht, und dann hörte ich auch ein Geräusch. Es kam aus dem Haus. Niemand war auf der Terrasse, die Liegestühle waren weggeräumt, alles wirkte völlig verlassen. Ich fürchtete mich, was eigentlich nicht meine Art ist; im allgemeinen merke ich immer erst, daß eine Situation gefährlich werden kann, wenn ich mittendrin bin, und dann kommt man ja gar nicht dazu, Angst zu haben.

Das Geräusch kam aus dem Schuppen. Ich war drauf und dran wegzulaufen – aber wohin hätte ich denn laufen sollen, um Hilfe zu holen? Ich zog mir die Schuhe aus und schlich barfuß zu dem vergitterten Fenster. Meine Neugier war wieder einmal größer als meine Angst. Ich reckte mich, und dann sah ich, daß es Albrecht war. Er sortierte Zeitungen. Das war beinah noch schlimmer, als wenn er mit Lotte auf die Cardada gefahren und dabei seinem Sohn begegnet wäre.

Wenn ich doch bloß rechtzeitig daran gedacht hätte, diese elenden Zeitungen wegzuräumen! Genaugenommen: Gedacht hatte ich daran, ich war nur zu bequem; in dem Schuppen ist es kalt und ungemütlich, und wo sollte ich sie denn verbrennen? Ich konnte sie nicht in den Heizventilator stecken, und wenn das Kaminfeuer brannte, waren immer alle übrigen zugegen. Ich finde, daß es in der Schweiz besonders schwierig ist, etwas heimlich zu tun. Gleich nachdem die Geschichte mit dieser Edith und den Zeitungen passiert war, hätte ich alle Spuren beseitigen müssen.

Ich klopfte an das Fenster und rief: *»Pronto!«*

Albrecht blickte auf, und als er mich erkannte, tat er, als räume er den Schuppen auf, mit der deutlichen Akzentuierung, daß er sich um den Haushalt auch noch kümmern müsse und daß es doch wirklich nicht zuviel verlangt sei, wenn ich wenigstens hier in meinem Haus für ein erträgliches Maß an Ordnung sorge. Ich gab ihm völlig recht, das ist bei Anschuldigungen immer das beste. Wir gingen harmlos, aber mißtrauisch umeinander herum. Schließlich beruhigte ich mich wieder und nahm an, ich hätte mich getäuscht und er wolle wirklich nur Ordnung machen; er ist nämlich etwas pedantisch. Zu Hause zieht er manchmal eine Schublade auf, schiebt die Hand unter den gesamten Kram, kippt ihn um und sagt dann zu mir: »Ein bißchen Ordnung, Susanne, sollte schon sein.«

Ich tat also harmlos. Ich erkundigte mich nach dem Auto, und er antwortete, als hätte ich nach dem Befinden einer schwererkrankten Tante gefragt: »Danke, es wird bald wiederhergestellt sein.«

Ich sah ihn fragend an, und er fügte hinzu: »Morgen kann ich den Wagen holen.«

»Das heißt, daß wir übermorgen zurückfahren können?«

»Das heißt, daß wir übermorgen zurückfahren müssen, ich habe Termine bei Gericht.«

»Ja, natürlich, dann müssen wir zurück.« Er schien sich nicht mit mir unterhalten zu wollen, packte die Zeitungen, die er aussortiert hatte, zusammen und trug sie ins Wohnzimmer. Ich folgte ihm: »Du willst Feuer machen? Meinst du, daß es nötig ist? Es ist ziemlich warm heute im Haus, findest du nicht?«

»Es wird nötig sein!« Er redete wie ein Großinquisitor. Ich zog mich zurück. Vorher hatte ich ihm noch meinen sonnenverbrannten Rücken hingehalten, um sein Mitleid zu erregen, aber auch darauf reagierte er nicht.

Ich ging mal wieder in die Küche. Ich stellte Wasser auf und holte die Artischocken wieder aus dem Kühlschrank. Vielleicht ließ er sich mit Artischokken besänftigen. Ich rührte ein großes Stück Butter schaumig, und als mein Arm müde war, lief ich nach oben und streute mir noch einmal Puder auf meinen Sonnenbrand. Nachher war der Fußboden weiß und mein Rücken noch immer feuerrot, kein Mensch kann sich die Rückseite selbst einpudern; nicht einmal um solche Samariterdienste wagte ich meinen Mann zu bitten, er hätte doch nur gesagt, daß ich auch vor den primitivsten weiblichen Mitteln nicht zurückschrecke. Dabei war er schuld! Wenn er nicht angefangen hätte, von den Sommersprossen zu reden, hätte ich mich nie in die Sonne gelegt, und an der Erkältung war er auch schuld – warum machte er mich so unglücklich, daß ich stundenlang durch den kalten Regen laufen mußte.

Das Wasser kochte, als ich hinunterkam. Ich legte die Artischocken auf ein Tuch und tat sie in das sprudelnde Wasser. Es war jetzt ganz dunkel draußen. Eigentlich hätte Lotte längst zurück sein müssen. Ich deckte den Tisch. Albrecht saß und rechnete, schrieb Daten auf einen Zettel und Zahlen dahinter, und die Zeitungen hatte er immer noch neben sich liegen. Von Zeit zu Zeit hörte ich ihn murmeln: »Das ist ja nicht zu fassen!« Dann wieder lachte er kurz auf, sagte: »Fabelhaft!« Und das alles tat er eine Spur zu laut, als daß man es für ein Selbstgespräch hätte halten können. Ich hütete mich, vorzeitig nach der Ursache seiner Entrüstung zu fragen.

Wenn bloß Lotte nach Hause gekommen wäre! Ich war bereit, mich den ganzen Abend mit ihr über Drahtseilbahnen und Wasserfälle zu unterhalten. Ich hatte sogar Salzmandeln und Nüsse auf den Tisch gestellt. Sie knabbert abends stundenlang vor sich hin. Ich muß einmal Friedrich Georg fragen, woher es kommt, daß sie mich immer an ein Eichhörnchen erinnert. Er versteht etwas von Tierpsychologie. Wofür er mich wohl hält? An jenem Abend hatte ich, wenigstens von der Rückseite, am meisten Ähnlichkeit mit einem gesottenen Krebs.

Die Blätter der Artischocken fingen an, sich zu lösen; wenn sie nicht völlig abfallen sollten, mußten wir jetzt essen. Es blieb mir nichts anderes übrig, als Albrecht zu fragen.

»Wollen wir noch länger warten?«

»Warten? Auf wen warten?«

So fragt sonst nur unser Dichter. Ich sagte: »Auf Lotte! Sie wollte doch zur Cardada fahren!«

»Ah – auf Lotte, natürlich, ja. Du meinst also, sie könnte schon zurück sein?«

»Sie müßte schon zurück sein. Die Bahn fährt nur bis zum Einbruch der Dunkelheit.«

»In der Tat«, Albrecht sah zum Fenster hin, »es ist dunkel. Dann müßte sie also bereits hiersein.«

Und auf das Stichwort hin läutete das Telefon. Lotte entschuldigte sich. Sie bliebe etwas länger aus, wir möchten ihr doch den Schlüssel hinlegen, damit sie niemanden störe. Ja, es sei herrlich gewesen, ein wunderbarer Tag. Albrecht versicherte ihr, daß sie doch selbstverständlich ganz unabhängig sei und niemandem Rechenschaft schuldig, und den Schlüssel lege er auch hin. In den Briefkasten, jawohl, und viel Spaß!

Wenn man diese Person schon mal brauchte! Nie kann man sich auf andere verlassen.

Ich holte die Artischocken, wir setzten uns.

Albrecht hält nicht viel von Tischgesprächen. ›Bei einem guten Essen‹, sagt er, ›braucht man nicht zu reden, das lenkt nur ab.‹ Die Artischocken sind demnach großartig gewesen, er löffelte mit den Blättern die schaumige Butter und zog sie genüßlich durch die Zähne und schichtete sie zu kunstvollen Gebilden am Tellerrand auf. Als er den Boden der Artischocke erreicht hatte, wandte er ihm die Aufmerksamkeit eines Minensuchers zu. Und als er auch die letzte Artischocke vernichtet hatte, aß er eine Käseschnitte nach der anderen. Ich hielt das Schweigen nicht länger aus. Ich erzählte ihm von dem Hutkauf, gab detaillierte Schilderungen; eine Putzmacherin hätte nach meinen Angaben ohne große Mühe ein zweites Modell arbeiten können.

Das Thema Hut war erledigt, Albrecht aß noch immer. Ich bat ihn um Erlaubnis, schon rauchen zu dürfen. Er nickte. Wieder kein Wort. Ich habe jetzt eine Vorstellung davon, wie man einen Angeklagten weich macht. Als ich aus dem Zimmer wollte, unter dem Vorwand, meine Zigaretten zu holen, und mir gerade überlegt hatte, daß ich mich ja oben in meinem Zimmer einschließen könnte, und derweil sollte er so viel Käse essen – da holte mich seine Stimme ein: »Bleib gefälligst hier! Ich habe mit dir zu reden.«

Ich blieb stehen, wie angewurzelt, und sagte: »Jawohl, Herr Direktor!«

»Deine Witze sind völlig fehl am Platz.«

Das habe ich gern! Erst mein gutes Essen in sich hineinschlingen und mir den Appetit verderben und dann mit gestärkten Kräften auf mich losgehen.

Ich machte noch einen letzten Versuch. »Bärlein, können wir das nicht morgen früh tun? Ich habe bestimmt einen Sonnenstich, mir ist ganz schlecht. Ich glaube, ich muß ins Bett.« Das war kaum übertrieben, mir war wirklich übel. Aufregungen schlagen sich bei mir immer auf den Magen, und diesmal kam noch der Wermut am Nachmittag dazu, den ich doch wirklich nur Tante Be zuliebe getrunken hatte. Meine Knie fingen auch schon an zu zittern.

»Spiel kein Theater. Dazu ist die Angelegenheit zu ernst. Sie geht an die Wurzeln unserer gemeinsamen Existenz. An die Wurzeln! Und die Wurzeln heißen in einer Ehe: Vertrauen. Heißen: Aufrichtigkeit. Heißen: Zuverlässigkeit.«

Albrecht stand jetzt hinter dem Tisch und hielt in der Hand ein paar Zeitungen, mit denen er seine Rede demonstrierte. Ich versuchte, das Geschirr beiseite zu schieben, ohne daß er es merkte, sonst landeten seine Dokumente noch in den Butterresten oder im Käse. Unter seinen Blicken erstarrten meine Hände, ich holte sie zurück und sah ihn aufmerksam an.

Er sagte: »Ad eins, wer hat vor zwei Jahren vom 6. 5. bis zum 23. 5. in diesem Haus gewohnt?«

Ich überlegte. »Herr und Frau Schwab aus München.«

»Aha! Kostenpunkt zweihundertvierundvierzig Schweizer Franken.« Er machte einen Haken auf seiner Liste. »Wer hat vom 27. 6. bis 14. 7. hier gewohnt?«

»Die Damen Hanke aus Augsburg.«

»Kostenpunkt dreihundertvierzehn Schweizer Franken.«

Seine Stimme wurde immer zufriedener, und wie er das so aufzählte, war ich eigentlich stolz auf meine Einnahmen. Andere Männer wären bestimmt froh, wenn ihre Frauen aus einem Haus so gut Kapital zu schlagen wüßten. Wieso man ihm allerdings Einblick in meine Kontokarte gewährt hatte, hätte ich schon gern gewußt. Das konnte nur mit dem nicht vorhandenen Wahlrecht der Frauen in der Schweiz zusammenhängen, oder in ihm steckt doch, wie in jedem Juristen, ein verhinderter Detektiv.

Ich war ganz froh, daß das Haus im letzten Winter zwei Monate leergestanden hatte. Ich hatte mir auch keine Mühe um die Vermietung gemacht, der Januar und der Februar sind immer schlecht, da stehen hier die meisten Häuser leer. Mittlerweile war Albrecht beim letzten Dezember angekommen, er hatte die Zeitungen noch in der Hand, es mußten die Nummern sein, die wir neulich nachts gesucht hatten. Wer fragte heute noch nach dieser Edith! Keiner interessierte sich mehr für sie. Er tat, als könnte sie nun bis in alle Ewigkeit auf dem Bettrand sitzenbleiben, zerzaust und verweint, und Lotte fiel mir ein und dieser elende Brief von ihr mit dem albernen ›Brummbär‹, und da stand dieser Brummbär vor mir und hatte es fertiggebracht, mich auf die Anklagebank zu setzen, mich, die betrogene Frau, das war eine Unverschämtheit. Aber typisch Mann. Typisch Jurist! Immer nach den schwachen Stellen des Gegners suchen und zusehen, daß man ihn in die Defensive zwingt.

Albrecht redete mit großen Gesten. Er hielt ein Plädoyer gegen seine eigene Frau. Wahrscheinlich war er wieder großartig. Nach dem Essen ist er immer gut in Form, während ich dann müde werde.

Er sagte: »Darf ich mir die Frage erlauben, was das hier ist?«

Er hielt mir ein Blatt unter die Nase, und ich sagte: »Käse! Das ist einwandfrei Käse. Bel Paese.«

Er starrte mich an, dann starrte er auf das Papier und den gelben Klecks unten. »Gut. Sehr gut, meine Liebe. Käse. Wenn dir die Sache immer noch nicht ernst ist – mir ist sie ernst, verdammt ernst. Wer war im Dezember in diesem Haus?«

»Meine Freundin Birgit.«

»Wer noch?«

»Und – und Ferdinand Melchior.«

»Soweit ich unterrichtet bin, ist deine Freundin Birgit –«

Ich bestätigte das: »Verheiratet.«

»Und er ist –?«

Ich mußte auch das bestätigen: »Verheiratet.«

Albrecht sagte: »Es ist –«

Und ich sagte, und jetzt war ich ebenfalls ernst: »Jawohl, er ist verheiratet, sie ist verheiratet, und es ist – zum Verzweifeln.«

Er schrie mich an: »Das ist gewerbsmäßige Kuppelei, was du hier treibst, unter meinem Namen!«

Ich blieb ruhig. »Erwerbsmäßige, nicht gewerbsmäßige, gestatte, daß ich dich korrigiere. Und es handelt sich um meinen Namen und um mein Haus.« Während ich redete, wurde ich richtig böse, außerdem bin ich sehr empfindlich, wenn ich im Unrecht bin: »Und darin kann ich tun und lassen und wohnen lassen, wen ich will.«

»Hast du schon einmal etwas von Moral gehört?«

»Ja. Gehört schon oft. Aber sie ist schwer anzuwenden, nicht wahr?« Ich kann es nicht leiden, wenn man über Moral redet und selber keinen Gebrauch davon macht. Ich sagte: »Indemini!«

Albrecht packte das Indizienmaterial zusammen und trug es zum Kamin. Er zerknüllte die Zeitungen und die Blätter mit den Aufzeichnungen und warf sie in die Feuerstelle, und dann hielt er ein Streichholz daran. Es qualmte fürchterlich. Ich ging und zog den

Rauchschieber auf und setzte mich auf die Stufen, und mein Mann tat das auch. Ich habe meinen Kopf auf seine Schulter gelegt und war eigentlich sehr froh, daß er es nun endlich wußte, und noch mehr, daß er das ganze Zeug verbrannte. Mit den Indizien verrauchte auch sein Ärger.

Wir sahen in die Flammen, und wir dachten nach. Albrecht hat mich nur noch, aber da war seine Stimme schon gar nicht mehr böse, gefragt, warum ich das getan hatte.

Wie wir so nebeneinander hockten, allein in dem Haus und jeder unglücklich, aber doch auch wieder getröstet, weil wir zusammen waren, wußte ich gar nicht mehr, warum ich dieses Haus als Rückhalt betrachtet und warum ich mir dieses heimliche Konto eingerichtet hatte.

Ich habe seine Frage nicht beantwortet. Das hat er wohl selbst getan, aber ebenfalls nicht laut.

Später haben wir noch eine ganze Zeit auf der Terrasse gestanden. Der Mond balancierte über den Monte Tamaro. Wir gingen auf und ab, der Mond war schon auf die nächste Bergkuppe gesprungen, und wir hatten immer noch nicht geredet, weil man manches einfach nicht sagen kann. Begreifen muß man es nur.

Seit diesem Abend weiß ich, daß ich nicht genug Vertrauen zu meinem Mann gehabt habe, daß ich kleinmütig gewesen bin und immer noch in der Schuld befangen, seine erste Ehe zerstört zu haben, und darum immer in Angst, daß eine andere Frau kommen und mir dasselbe antun könnte. Ich wollte nicht auf ihn angewiesen sein auf Gedeih und Verderb.

Und Albrecht weiß nun, daß er mich nicht genug beschützt, daß er mir zuviel Selbständigkeit gelassen hat, viel mehr, als ich gewollt habe, und mehr, als mir guttut, und er weiß auch, daß er mich fester halten muß.

Wir waren noch draußen, als wir Stimmen auf dem Treppenweg hörten, als die Gartenpforte klinkte und Lotte das Haus aufschloß. Albrecht bat mich hinzugehen. Er wollte noch draußen bleiben, er sagte mir gute Nacht.

Am liebsten hätte ich nun ein bißchen geweint. Aber ich mußte ja Lotte begrüßen und mir erzählen lassen, wie hübsch es gewesen sei und daß sie den Herrn von neulich abend getroffen habe, ich könnte mich doch erinnern? »Ein junger Architekt übrigens, der ein Haus am See bauen will. Und morgen früh wird er kommen, um mich abzuholen, er will mir das Grundstück zeigen. Bitten Sie meinen Chef, daß er mir Urlaub gibt, es ist doch der letzte Tag im Tessin!« Sie warf ihre schwarzen Locken zurück, ihr Gesicht glühte, und wieder war sie sehr hübsch und jung. Auch sie hatte sich einen Hut gekauft. Einen spitzen gelben Strohhut. Ich hatte keine Lust, noch jemanden aus seinem glücklichen Wahn herauszuholen. Sollte sie schlafen gehen.

Ich bin nicht noch einmal auf die Terrasse gegangen. Ich wollte und konnte es meinem Mann nicht sagen. Es würde morgen früh schrecklich für ihn werden, wenn die beiden die Treppe hinunterliefen, am Garten entlang, und er ihnen nachsah. Ich begriff gar nichts! Hatte Wolfgang sich denn nicht vorgestellt? Wußte Lotte denn nicht, wer er war? Oder spielte sie mir Theater vor? Wollte sie sich rächen? Erst hatte sie ihr Glück bei dem Vater ausprobiert, und als sie merkte, daß sie den nicht haben konnte, hielt sie sich an den Sohn, zu dem sie besser paßte? Solche Frauen soll es geben. Aber sehen sie aus wie Lotte? Albrecht sagt immer, daß man einem Mörder auch nicht ansieht, saß er ein Mörder ist, wenn er neben einem in der Straßenbahn sitzt.

Ich habe noch lange wachgelegen und auf Albrechts Schritte gehorcht. Eine Grille hatte sich verspätet und sang noch immer, und um Mitternacht bimmelte eine Glocke von irgendwoher über den See.

Noch nie war der letzte Tag in der Casa Susanna so lang und so voll Abschied. Sonst hatte ich mich immer rasch mit dem Gedanken getröstet, daß wir ja wiederkommen konnten, wann wir nur wollten. Die Casa Susanna stand da, gehörte uns und wartete auf uns. Ferien im Tessin, das war schon fast so selbstverständlich wie Ostern und Pfingsten. Diesmal war es anders. Es hat mehr als einmal so ausgesehen, als würde das alles nie mehr sein. Kein Frühstück auf der Terrasse, kein Abendspaziergang am Prato Pernice, keine nächtlichen Gespräche mehr am Kamin. Was mir das alles wert ist, weiß ich eigentlich erst jetzt. Ich wage nicht mehr, den Gedanken zu Ende zu denken: Albrecht wäre ohne mich nach Hause gefahren. Simonetti hätte sein Haus zurückgefordert, und Tante Be – ach: Es gab eine ganze Reihe von Möglichkeiten, aber ganz unten in meinem Herzen habe ich doch wohl immer gewußt, daß es Unmöglichkeiten waren.

Ich konnte einfach nicht mehr im Bett bleiben, ich lief auf die Veranda und um das Haus herum unten auf die Wiese, die naß vom Tau war; jetzt war ein Schmetterling schon nichts Besonderes mehr, sogar die kleinen blauen waren schon da.

Ich habe geduscht und dazu gesungen, das ›Schulterstück‹ sogar zweimal, weil ich dachte, Albrecht würde herunterkommen, aber er kam nicht. Was sollte ich nur tun? Zunächst deckte ich auf der Terrasse den Frühstückstisch, die Sonne mußte schon bald um die Hausecke biegen; an jedes Eierhütchen steckte ich einen kleinen Strauß. Warum schliefen nur alle so lange! Es war doch unser letzter Tag!

Schließlich bin ich in Albrechts Schlafzimmer gegangen. Ich hatte einen Kloß im Hals und fühlte mich, wie ich mich nur als Zwölfjährige gefühlt habe, wenn ich wieder einmal zu spät in die Schule gekommen war und zum Rektor mußte. Ich habe mich auf Albrechts Bettrand gesetzt und ihm gesagt, Wolfgang sei in Ascona, und er solle nett zu dem Jungen sein, wenn er nachher komme, um Lotte abzuholen. Das alles in einem Satz. Alle Erklärungen habe ich weggelassen. Auch daß Tante Be es gewesen ist, die ihn eingeladen hatte. Das war ja auch ganz unwichtig jetzt. Zwischen Albrecht und mir haben die Details nie eine Rolle gespielt. Ich habe ihn nicht angesehen, sondern zum Fenster hinausgeredet, und er hat kein Wort dazu gesagt. Nur nachher, als ich schon überlegte, ob ich gehen und ihn lieber allein lassen sollte – ich weiß doch gar nicht, wie man einen Mann behandelt, der mit dem Vater-Sohn-Problem fertig werden muß –, da hat er auf mein nacktes Knie getippt und gesagt: »Du hast ja noch mehr Sommersprossen als gestern auf dem Knie!« Dann habe ich ihm ganz schnell einen Kuß auf die

Backe gegeben, bin aus dem Zimmer gelaufen und habe meine Spieldose geholt und sie unten auf den Frühstückstisch gestellt. Vater Tell hat den Apfel ununterbrochen vom Kopf des Tellsbübli geschossen, und ich habe davorgesessen und den Kopf in die Arme gelegt und geheult wie ein Hund bei Vollmond, zu der Melodie ›Mit dem Pfeil, dem Bogen, durch Gebirg und Tal‹, bis ich merkte, daß mir die Sonne schon wieder auf den Rücken brannte, und da bin ich ins Haus gegangen und habe mir eine Jacke übergezogen und an der Quelle meine Augen gekühlt und habe zum Frühstück gerufen.

Albrecht hat sich großartig benommen. Ich war sehr stolz auf ihn. Als Wolfgang kam, hat er ihn beim Arm genommen und sich nach seinem Studium und seinen weiteren Plänen erkundigt. Sie sind rauchend auf der Terrasse auf und ab gegangen, und ich saß derweil und betrachtete die beiden; Wolfgang beachtete mich gar nicht. Die Männer schienen vertieft in ihr Gespräch, und ich mußte feststellen, daß von Ähnlichkeit nicht die Rede sein konnte. Ich weiß nicht, wo ich vor zwei Tagen meine Augen gehabt habe. Wolfgang hat ein schmaleres Gesicht und ganz andere Ohren und einen viel längeren Hals, und darauf soll man nach Tante Bes Meinung bei Männern doch zuerst achten. Er ist auch längst nicht so geschmeidig in seinen Bewegungen, obwohl er doch schlanker ist als sein Vater.

Lotte? Nein, die hat nichts davon geahnt. Es war nicht richtig von Wolfgang, daß er es ihr verschwiegen hat. Als er sie in der Funicolare wiedererkannte und später oben auf der Cardada und sie ihm erzählte, daß sie in der Casa Susanna wohne und mit ihrem Chef da sei, hat er begriffen, was los war, und dann ›hat er sich ins Zeug gelegt‹, er hat mir das am letzten Abend erzählt. Er wollte dem Vater die Freundin ausspannen, so drückte er sich aus, mir zuliebe, aus keinem anderen Grunde, mag sein. Ich will auch gar nichts anderes denken. Man muß nicht immer nach den wahren Motiven suchen.

Lotte hat es erst erfahren, als Wolfgang an ihr vorbeiging, um seinen Vater zu begrüßen. Sie tat mir in dem Augenblick sehr leid. Ich versuchte, es ihr leichter zu machen, aber ich glaube, sie hat gedacht, ich hätte das alles so arrangiert. Ich forderte sie auf, mir beim Tischabräumen zu helfen, Vater und Sohn hätten sich lange nicht gesehen und sicher viel zu erzählen, wobei wir Frauen überflüssig seien. Ich brachte es ohne Mühe fertig, sie und mich als ›wir Frauen‹ zu bezeichnen. Sie wollte mir im Flur weglaufen. Ich sagte noch: »Vielleicht ist es das beste so, Lotte. Ich habe oft gefunden, daß er seinem Vater sehr ähnlich ist.«

Aber da hat sie sich umgedreht und ist nach oben gegangen. Nach einer halben Stunde erschien sie auf dem Balkon und rief hinunter: »Können wir aufbrechen, Wolfgang?« Sie hatte ein weißes Kleid angezogen und hatte die Haare hochgebunden – wieder eine andere Lotte. Als sie etwas später mit Wolfgang die Treppe an unserer Hecke entlanglief und die beiden uns zuwinkten, dachte ich wieder: Sie hat etwas von einem Eichhörnchen. Sie geht immer dahin, wo man ihr Nüsse gibt.

Längst waren die beiden hinter den Hecken verschwunden, da stand ich immer noch an dem Maulbeerbaum. Vielleicht machten sie aus mir – und vielleicht lag der Tag nicht einmal sehr fern? – eine Großmutter. Ich war doch selbst noch jung. Ich fühlte mich kaum der Erziehung eines Fünfjährigen gewachsen, und vorgestern erst hatte es mir Spaß gemacht, mit demselben jungen Mann am Seeufer entlangzugehen; ein bißchen aufgeregt hatte mich sein flüchtiger Kuß ja doch.

Ich drehte mich zu meinem Mann um. Er stand mitten auf der Terrasse, und ich hatte den Eindruck, als stünde er da freihändig, ohne Netz, in einer gefährlichen Position, die er jedoch völlig beherrschte. Mein Mann. Wurde es nun Zeit, uns wie erwachsene, ernsthafte Leute zu benehmen? – Eigentlich, eigentlich war es schade. Ich ging zu ihm, ich maunzte leise, da zog er mich in seine Arme.

»Wir sind die Jüngsten nicht mehr, Albrecht!«

Er fuhr durch mein Haar. »Soweit wären wir nun.«

»Weißt du«, ich mußte ihm doch zeigen, daß ich ihn durchaus verstehen konnte, »weißt du«, habe ich gesagt und hinter den beiden hergezeigt, »er hat eben denselben Geschmack wie sein Vater.« Und dann ist mir nichts mehr eingefallen, was man noch hätte sagen können, und darum bin ich ins Haus gegangen, habe angefangen, aufzuräumen und die

Koffer zu packen, zu rumoren. Nach einer Weile hörte ich Albrecht. Er hatte sich den Hauklotz auf die Terrasse geholt und spaltete Holz. Ich stand auf der Veranda, lehnte über das Geländer und sah ihm zu. Er hatte sich die blauen Leinenhosen angezogen, hatte kein Hemd an; sein nackter brauner Rücken glänzte. Er ist kräftig und geschickt, man konnte zusehen, wie sich die Scheite neben ihm türmten. Er arbeitete ganz konzentriert, in einem gleichmäßigen Rhythmus, als gäbe es im Augenblick nichts Wichtigeres auf der Welt. Dann muß er meinen Blick auf seinem Rücken gespürt haben. Er hat zu mir heraufgesehen. Wir haben uns zugenickt – und von da an war alles wieder in Ordnung mit uns.

Albrecht fing an zu pfeifen und hackte weiter Holz, so viel, daß es für einen ganzen Winter reichen würde, und ich legte die Betten aus und pfiff auch. Jeder pfiff sein eigenes Lied, aber die Hauptsache ist ja, daß es hübsch klingt.

Vor dem Essen hat Albrecht sich eine halbe Stunde auf die Wiese gelegt und fest geschlafen. Der Schlaf vor Mittag ist der gesündeste – auch eines seiner Sprichwörter. Und dann sind wir zusammen nach Locarno gegangen, haben das Auto aus der Werkstatt geholt, und selbst er konnte keine Schäden mehr an der Karosserie finden, obwohl er sogar unter den Wagen gekrochen ist, so sehr mißtraut er den Tessiner Handwerkern. Er ging in das Büro, bezahlte die Rechnung, die keineswegs so hoch war, wie er prophezeit hatte. Mit seinen Kostenvoranschlägen macht er seine besten Geschäfte. Die Differenz zwischen seiner Prophezeiung und dem wirklichen Rechnungsbetrag sieht er als reinen Verdienst an. Er ist in mancher Hinsicht ein Lebenskünstler.

Ich setzte mich auf meinen Platz, und als er eingestiegen war, unterbreitete ich ihm meinen neuesten Plan. Wir wollten zum Postamt fahren und von da telefonieren und alle zum letzten Abend in die Casa Susanna einladen: Tante Be und Simonetti und Friedrich Georg, der den Omnibus nehmen konnte, und Wolfgang und natürlich Lotte. Albrecht war nicht hellauf begeistert. Er tat sogar so, als hätte er gern diesen letzten Abend mit mir allein verbracht, und ich war nahe daran, ihm das auch zu glauben.

Vielleicht hatte er ein schlechtes Gewissen, vielleicht hat er mir auch einfach einen Gefallen tun wollen. Er hat eingewilligt. Die Motivsuche, sagt Albrecht, sei ausschließlich Sache der Maler und Fotografen, und oft ist es natürlich auch besser, man überläßt sie ihnen. Ich habe telefoniert und keinen erreicht, aber überall habe ich eine Nachricht hinterlassen, und derweil hat Albrecht eingekauft. Als ich vom Postamt zurückkam, waren die hinteren Wagensitze mit Paketen vollgepackt. Er hatte für Rainers Eisenbahn einen richtigen Tunnel mit Bäumen darauf gekauft und einen italienischen Rangierbahnhof! Wieder einmal war ich der glücklichste Mensch der Welt. Ich sagte: »Jetzt fahren wir nach San Abbondio.« Alle Fenster hatten wir heruntergedreht. Man hätte denken können, daß der Seewind uns vorwärts blies. Wir überquerten den Ticino, noch war das flache Ufer des Sees wüst vom Hochwasser, aber am Ostufer, als die Straße anstieg, das Ufer schmaler wurde und steiler, in Magadino, in San Nazzarro, Gerra – und dann sah man schon den Campanile von San Abbondio auf dem Berghügel! Der Wald war noch licht. Die Girlanden der Weinstöcke schwangen sich dunkel über das Hellgrün der Wiesen, überall kleine sprudelnde Bäche, blühende Kirschbäume, überall Veilchen. Selbst Albrecht fand, daß man ein Stück zu Fuß gehen könne. Wir sind in das zerfallene Glockengestühl des Turmes gestiegen, und ich habe einmal mit dem Klöppel an die Glocke schlagen dürfen, und der Ton schwang aus dem zerfallenen Turm hinaus und schreckte einen Vogel auf, der dort genistet hatte, und es war, als sei der Vogel mein Glockenklang und fliege über den See. Wir sind auf dem kleinen Friedhof neben der Kirche gewesen, und Albrecht hat mir versprochen, daß er mich dort begraben und in jedem Sommer Immortellen auf meinen weißen Marmorstein legen wird. Man kann weit über den See blicken, bis hinüber zu unserem Haus. Ach, ich weiß nicht, was er mir noch alles versprochen hätte – wenn er nicht plötzlich Hunger gehabt hätte!

Wir haben in dem kleinen Restaurant, in dem wir schon oft gewesen sind, eine Minestrone gegessen – die er zu Hause als Gemüsesuppe strikt ablehnt –, haben einen Nostrano, den hiesigen Wein, dazu getrunken, und die Wirtin hat sich zu uns gesetzt. Wir waren die einzigen Gäste. Bis hierhin kommen die Fremden selten. Wir sahen den Katzen zu, die auf den Steindächern im Sonnenschein spielten; man hörte das Gackern der Hühner und manchmal vom See her das Tuten eines Schiffes.

Am späten Nachmittag sind wir zurückgefahren.

Mein Mann sagt mir oft, wenn er am Steuer sitzt, was ihn bedrückt; dann kann er es wie eine Nebensächlichkeit abtun, weil seine Konzentration der schmalen Straße, den Hühnern und den Serpentinen gehört. Er hat mir gesagt, daß ich falsche Vorstellungen von seinem Verhältnis zu Lotte habe. Er habe sie nur hierher mitgenommen, weil ich es vorgeschlagen hatte; er habe gedacht, daß ich gern die Ferien mit Friedrich Georg verbringen wollte.

Ich glaube, das war das erste und einzige Mal in all diesen Tagen, daß ich mich klug verhalten habe. Ich habe getan, als glaubte ich das. Und es ist ja auch möglich, daß er es selbst glaubt. Man sieht nun einmal eine Sache heute von der Seite und morgen von der anderen an, und mit dem Blickpunkt verändert sich die Einstellung; auch das ist wie bei der Fotografie. So ganz sicher bin ich ja nicht einmal, ob er nicht recht hat. Ob es mir dabei nicht auch um Friedrich Georg gegangen ist.

Indemini – darüber haben wir nicht gesprochen. Und ich hoffe sehr, daß ich nie fragen werde. Irgendwann wird er das Bedürfnis haben, mir zu erzählen, was dort geschehen – oder nicht geschehen ist.

Es war der erste warme Abend. Albrecht hatte Stühle auf die Terrasse getragen und Windlichter angezündet, und ich hätte am liebsten Lampions aufgehängt und alle Grillen singen lassen.

Was für ein hübsches Haus! Albrecht sang *»Mi casa, su casa, my house ist your house«* – und mittendrin hielt er inne und sah mich an, und ich machte »hmhm« – und das war alles. *My house is your house*. Jetzt war Schluß damit, jetzt war es unser Haus, ein für allemal!

Als erste kamen Simonetti und Tante Be. Tante Be hatte den samtenen Hut auf, und ich schubste Albrecht und flüsterte: »Das ist der Hut! Sieht sie nicht wunderbar aus, unsere Tante Be?« Ich war so stolz auf sie. Und die Hunde kamen mit und rollten sich an die sonnenwarme Hauswand, und Simonetti überreichte mir einen Strauß duftender Veilchen aus dem Tal des Rebhuhns, von dem letzten Spaziergang mit Tante Be – denn auch für ihn war es der Abschiedsabend. Am nächsten Morgen wollte er zurück nach Turin. Ich habe nicht gefragt. Es war einfach zu früh dazu. Vielleicht wird er wiederkommen, eines Tages, und wird dann für immer bleiben, aber zuerst einmal fuhr er nun fort. Wenn man so alt ist wie die beiden, dann fallen die Entschlüsse nicht mehr so rasch. Tante Be ist eben viel klüger als ich. – Während des Abends lag ein Schatten über den beiden, aber ein sehr milder und sehr kleidsamer Schatten. Diese lächelnde Traurigkeit stand ihnen gut.

Dann kamen Wolfgang und Lotte. Ihr weißes

Kleid war nicht mehr so frisch wie am Morgen, dafür hatte sie sich eine Rose ins Haar gesteckt. Als Wolfgang mir später beim Schließen der Fensterläden half und die Gelegenheit wahrnehmen wollte, um mir zu sagen, wie unvergleichlich lieber er an meiner Seite – da habe ich ihn ausgelacht.

Friedrich Georg kam als letzter. Er kam allein, und jedesmal, wenn unsere Blicke sich begegneten – sie taten das natürlich oft, wir waren ja nur ein kleiner Kreis, und um uns war die Dunkelheit der Nacht, man sah ganz unwillkürlich zu den hellen Gesichtern hin –, spürte ich seine Einsamkeit, und ich bin gar nicht sicher, ob sie wirklich selbst gewollt oder selbst verschuldet ist, vielleicht aber ist sie notwendig für ihn.

Die Windlichter flackerten. Der Tau fiel schon. Nun zirpte doch noch eine Grille. Blütenduft wehte über uns hin. Wir tranken alle nicht viel an diesem Abend, und wir redeten nicht viel.

Der Mond war ein wenig runder geworden, der Schnee lag nur noch auf den Bergkuppen, die Blätter an den Weinstöcken waren aufgebrochen, und der Lorbeer war verblüht.

Albrecht und Friedrich Georg hatten Krawatten umgebunden. Sie sahen beide sehr gut aus, wie sie so nebeneinanderstanden, mit dem flackernden Lichtschein im Gesicht und rundum die Sterne –

Ach – ich fand sie alle so nett! Tante Be mit ihrem Veilchenhut, Simonetti, den Dichter und natürlich Albrecht und seinen Sohn und auch das Eichhörnchen. Ich hätte von einem zum anderen gehen mögen und um Verzeihung bitten für alles, was ich falsch gemacht hatte. Albrecht sagt, wenn diese Stimmung über mich kommt: ›Meine Frau hat ihren Weltverbrüderungstag‹, und immer denken alle, daß ich dann ein bißchen zuviel getrunken habe, wenn mir auf einmal alle Menschen so sympathisch sind. Dabei ist das meine wirkliche Meinung.

Wir sind dann ins Haus gegangen. Simonetti hat das Feuer angezündet, wir sahen ihm alle dabei zu. Lotte hockte wieder auf den Stufen, und die Hunde hatten ihre roten Köpfe in ihren Schoß gelegt, und sie fütterte sie mit Nüssen. Tante Be saß in ihrem Schaukelstuhl, und Friedrich Georg stand an der Kaminwand und hatte den rechten Arm auf den Sims gestützt und sprach über das Wesen des Feuers und sagte, daß das Feuer von jeher die Menschen zusammengeführt habe; in der gemeinsamen Suche nach Wärme und Licht fänden sie zueinander. Ich glaube, er wollte eine Rede halten auf diesen Kamin, auf dieses Haus und auch auf mich – aber das wollte ich nicht. Als er eine seiner gedankenschweren Pausen einschob, habe ich so laut zu Albrecht gesagt, daß alle es hören mußten: »Was meinst du, wollen wir eine Ölheizung in unser Haus einbauen lassen, während wir weg sind? Ich habe doch ein Konto in Locarno, und das Geld könnten wir dazu verwenden.«

Ich hoffe, keiner hat gesehen, daß ich ganz rot geworden bin.

Den Heizventilator haben wir dem Dichter mitgegeben, der am nächsten Morgen nach Palagnedra zurückgekehrt ist.

Albrecht hat Lotte noch eine Woche Urlaub bewilligt, aber Wolfgang hat die Pläne für das Haus am See nicht fertiggemacht, der Interessent hat sich zurückgezogen, bevor Wolfgang seinen ›neuen Tessiner Baustil‹ entwickelt hatte. Albrecht und ich sind allein zurückgefahren.

Als wir in Bellinzona ankamen, zogen dunkle Wolken vom Gotthard her auf den See zu; es soll noch einmal eine ganze Woche lang geregnet haben. Und nach dem Regen war dann schon Sommer.

Mein Mann wird sagen: Alles war ganz anders. Du hast es nur mit deinen Augen gesehen, du bist viel zu sehr ins Detail gegangen. – Und Lotte wird sagen –. Nein, Lotte wird sich wahrscheinlich gar nicht dazu äußern, und Friedrich Georg hat es bereits in seinen Versen gesagt. Und auch darin ist es ein anderer Frühling.

Eigentlich ist das doch das Schönste: So wie man es selbst erlebt hat, so hat man das Leben ganz allein für sich.

Über Christine Brückner

Aufsätze, Rezensionen, Interviews

Herausgegeben von
Gunther Tietz

Ullstein Buch 22173

Ullstein

Von »Ehe die Spuren verwehen« bis zu den »Quints«: Christine Brückners Romane, ihre Erzählungen und »Ungehaltenen Reden« gehören zu den bekanntesten Werken der Gegenwartsliteratur. In diesem Materialienband werden sie einer gründlichen, auch kritischen Revision unterzogen; er vereint die wichtigsten Rezensionen und Interpretationen mit Gesprächen und Beiträgen namhafter Literaturwissenschaftler.

Christine Brückner (Hrsg.)

Juist

Ein Lesebuch

Ullstein Buch 23306

Christine Brückner, Kennerin von Inseln, legt mit ihrer Auswahl von Texten und Bildern ein Lesebuch von Juist-Liebhabern für Juist-Liebhaber vor. Jeder, der schreibt, und jeder, der zeichnet, sieht die Insel mit anderen Augen: die Jahreszeiten spielen eine Rolle, ebenso die Tageszeiten und Tiden; die zwei Seiten der Insel – das Meer und das Watt. Kalfamer und Loog, Heller und Bill, das sind Reiz- und Zauberworte für Kenner der Insel und Lockworte für jene, die Juist erst noch entdecken wollen . . .

Ullstein